TRAC

TÉMOIGNAGE D'UN RESSUSCITÉ

AMNÉSIQUE EN CAVALE

Roberto Lemos

TRAC

Témoignage d'un ressuscité amnésique en cavale

Science-fiction

Éditeur : BoD-Books on Demand
12-14 rond-point des Champs-Élysées, 75008 Paris
Impression : Books on Demand, Norderstedt, Allemagne

ISBN : 978-2-3222-5574-0
Dépôt légal : mars 2021

À mes premiers lecteurs et à leur aide précieuse :

Nicolas, Carine, Olivia, Laure et Emily

CHAPITRE 1
ENVIRONNEMENT HOSTILE

Je me souviens encore de la première fois que j'ai ressuscité. Une sensation de malaise. Comme un vertige. La faute peut-être à l'absence de mon oreille droite et surtout d'une bonne partie de mon crâne, arrachés par un tir d'arme à feu. Mais à ce moment-là, je n'avais pas encore conscience de mon état.

À moitié dans les vapes, j'ouvris un œil (l'autre devait probablement être resté quelque part avec mon oreille), clignai plusieurs fois pour accommoder ma vue et émis un grognement. Ou un râle. Je ne sais plus très bien. Je passai une main malhabile sur mon visage et la retirai poisseuse et collante.

J'éprouvai également un sentiment de solitude et d'isolement. Je n'étais pourtant pas seul. Un grand gaillard crasseux, aux yeux fiévreux de drogué, était penché sur moi, occupé à retirer la montre présente à mon poignet gauche. Je ne saurai jamais si c'était lui le responsable de mon meurtre, car sitôt qu'il fut confronté à mon grognement – ou râle ? – et au mouvement de ma main sur mon visage ravagé, il écarquilla ses yeux devenus soudain fixes, poussa un hurlement strident et s'enfuit en courant. Ce qui aggrava sur le coup mon sentiment de solitude. Forcément.

Je n'eus même pas le réflexe de lui demander de l'aide pendant que le bruit de ses pas décroissait dans la ruelle.

Un bon moment, je restai allongé par terre, à moitié apathique, contre un mur de briques. On devient vite fainéant avec une lobotomie de cinquante pour cent. Puis, je décidai que ça suffisait et j'entrepris de me relever. Ce qui me prit bien vingt minutes. D'une démarche titubante, traînante et mal assurée, je m'aidai du mur pour parcourir quelques mètres, sans savoir vraiment où aller. Cette question existentielle trouva sa réponse lorsque j'aperçus à une trentaine de mètres une cabine téléphonique au néon intermittent. Nouveau grognement. De satisfaction, cette fois.

Sans lâcher le mur, je me traînai, à la vitesse d'un raisonnement mathématique tentant de se frayer un chemin dans la tête d'un hooligan. J'allais l'atteindre mon objectif, quand j'entendis derrière moi une voix goguenarde et faussement suave.

— Alors, mec ! T'as trop bu et tu sais plus où tu crèches ? T'as besoin d'appeler ta bourgeoise pour qu'elle vienne te chercher ? T'inquiète pas, mec : si tu me files tout ce que t'as sur toi, je t'appelle un taxi. J'suis sympa et serviable.

Je me retournai lentement pour voir un grand Noir, accompagné d'un sourire en or massif et d'un cran d'arrêt à la main. Il ressemblait à Huggy-les-bons-tuyaux, mais avec des dreadlocks et un air bien moins sympathique. Je poussai un grognement. Cette fois de protestation. Mais je ne suis pas persuadé d'avoir été audible, car il cria au même moment un « putain, un mort-vivant ! », beaucoup plus bruyant, avant de s'enfuir, lui aussi.

Ne comprenant toujours pas pourquoi ma vie sociale connaissait autant d'échecs consécutifs, je n'eus d'autre choix que de revenir à mon objectif initial : la cabine téléphonique, dont j'essayai de pousser la porte coulissante. Ce fut à cet instant que je remarquai mon reflet dans la vitre et m'immobilisai aussitôt.

Malgré la bouillie de sang, de cheveux et de peau qui les recouvrait, une bonne partie des circonvolutions de mon cerveau étaient clairement visibles. J'en restai d'abord pantois. Puis, je fus gagné par un sentiment d'hystérie. Mes mains se levèrent pour secouer, fracturer, arracher cette satanée porte et appeler les secours, quand je m'arrêtai soudain et me penchai sur mon reflet pour être certain de ce que je venais de voir. Nouveau grognement. D'étonnement. Puis j'arrivai quand même à articuler quelque chose :

— É oi s'boel ! (C'est quoi ce bordel !)

J'avoue avec le recul être attristé par la pauvreté de mon vocabulaire, sans parler de l'articulation. Mais je pouvais difficilement faire mieux. Sous mes yeux, je voyais des couches d'os, de peau, des vaisseaux sanguins se reformer.

Du coup, j'hésitai. D'un côté, mon bon sens me dictait que ma place se trouvait dans un hôpital. De l'autre, ce même bon sens reconnaissait que ce qui m'arrivait n'était pas banal et que je risquai d'intégrer un cirque comme collègue de l'homme tronc, des triplés siamois et de la femme à barbe.

Je restai là, chancelant, à passer en revue toutes les options. Et pendant les dix minutes que durèrent mes tergiversations, je pus observer l'achèvement de mon arcade sourcilière et d'un bout de ma mâchoire. Ce fut ce qui emporta ma décision : à ce rythme-là, en effet, je pouvais escompter recouvrer une tête normale en sept heures au plus. Autant attendre.

Je déambulai par les ruelles, prenant soin de rester dans les flaques d'obscurité et finis par trouver un coin douillet entre une benne à ordures ménagères et des caisses vides. Je m'y installai avec les affaires piquées à un vagabond aviné qui ronflait dans une rue parallèle. Pas très chrétien, certes. Mais comme je ne savais même pas si je l'étais, chrétien…

J'enfonçai un bonnet sur ma tête pour masquer ma boîte crânienne en recomposition et jetai sur le reste de ma personne une vieille couverture sale qui empestait le vin pas cher, le vomi et la saleté. Si j'avais un jour douté de la capacité du corps humain à dormir n'importe où, y compris sur le macadam, dans le froid et les ordures, je me vis rassuré. Je ne m'éveillai en effet qu'au petit matin, frais et ragaillardi.

Mon premier réflexe fut de porter prudemment la main à ma tête. Mes doigts rencontrèrent de l'os, de la peau et des cheveux et a priori chacun de ces composants se situait à la bonne place. Voulant malgré tout vérifier tout cela, je me traînai jusqu'à la rue passante proche et scrutai mon visage dans une vitrine. Pour mon plus grand bonheur, tout avait l'air normal, à l'exception des traces de sang sur l'épaule droite de ma veste.

En revanche, les passants jetaient des regards bizarres à mon allure de clochard crasseux. J'imaginai leur réaction s'ils m'avaient croisé quelques heures plus tôt. Je me dis que je ne pouvais rester indéfiniment entre une benne à ordures et des caisses vides. Mais que faire ?

En voyant de l'autre côté de la rue un voyou en train de faire discrètement les poches à un jeune cadre dynamique pendant qu'ils attendaient tous deux le bus, j'eus soudain une illumination : je me mis à fouiller mes propres vêtements et finis par y dégoter un portefeuille. Sur la carte d'identité, je découvris la photo d'un gars dont la trombine ressemblait à la mienne – une fois intacte – et dont le nom était Charles Lautra. Ça ne me disait absolument rien. Mais depuis dix heures, j'avais appris à prendre du recul sur les choses. Pour couronner le tout, il y avait sur la carte d'identité une adresse du côté de Bercy, des clés d'appartement dans une des poches de mon pantalon et une poignée de billets dans l'autre. J'allais pouvoir prendre un taxi pour rentrer au bercail !

*

* *

Une heure après, j'arrivai enfin devant chez moi après avoir pris le métro. Avec ma dégaine, aucun taxi n'avait voulu s'arrêter et quand j'avais agité un billet croyant forcer la décision, un type à vélo me l'avait piqué en passant. Mes imprécations contre les injustices de ce monde cessèrent quand je contemplai l'immeuble. Sans être totalement luxueux, il était positionné dans le haut-de-gamme et les gens qui en sortaient et rentraient arboraient une garde-robe plutôt classieuse. Je devais avoir une bonne situation professionnelle.

J'attendis un moment pour éviter de croiser un quelconque voisin et quand le flux se tarit, me glissai dans le bâtiment. Au-dessus des boîtes aux lettres, un panneau récapitulatif indiquait les noms des occupants, les étages et les numéros des appartements. Le mien se situait au quatrième. En ouvrant la porte, je pénétrai dans un magnifique loft, que je ne reconnus pas. Je fis le tour du propriétaire pour vérifier qu'il était vide et m'émerveillai devant les superficies démesurées, la douche avec jets hydro-masseurs et la cave à vin remplie de bouteilles alléchantes et onéreuses.

Je me déshabillai aussitôt, entrai dans la douche de dernière génération et restai une bonne demi-heure à laisser l'eau dégouliner sur moi en tripotant les robinets. Je ressortis de la salle de bain enveloppé dans un peignoir qui faisait bien cinq

11

centimètres d'épaisseur. Et j'envisageai de passer la journée à me remettre de mes émotions nocturnes : c'est-à-dire à m'affaler sur le canapé en sirotant des verres de grand cru et en me laissant bercer par une émission lénifiante à la télé. Je venais de trouver le tire-bouchon, dont les courbes le faisaient davantage ressembler à un prototype de la NASA qu'à un ustensile de cuisine, quand la sonnette de l'entrée retentit.

Soupçonneux après toutes ces péripéties, je pris un club de golf qui traînait dans un coin (je jouais au golf !?), avant d'aller ouvrir la porte avec circonspection. Je tombai sur une véritable bombe. Un mètre quatre-vingts, un visage de rêve, des seins dans lesquels on pouvait se noyer, des yeux dans lesquels on se perdait, ou l'inverse, des jambes interminables partant de fesses un peu larges mais qui semblaient rondes et fermes, une chevelure de jais cascadant jusqu'aux lombaires.

Je m'apprêtais à ouvrir bien grande la porte et peut-être même le peignoir quand elle me balança d'une voix agressive :

— Tu me reconnais ?

Merde, on s'était déjà rencontrés ? Ma mémoire était vraiment endommagée pour ne pas m'en souvenir, alors.

— Euh…

— Fais pas celui qui me reconnaît pas !

Pourquoi poser la question, dans ce cas ?

— On se connaît ? fis-je poliment.

Mais la belle ne se laissa pas amadouer.

— Connaître ? Au sens biblique, alors !

Sa voix monta d'un ton et derrière les portes du palier, j'entendis des voisins qui commençaient à s'intéresser à la discussion.

— Hier après-midi, tu es parti en reprenant ton enveloppe et ton fric, profitant que je prenais une douche. Mais j'avais regardé avant dans ton portefeuille. Pour connaître ton adresse au cas où. Jamais eu confiance dans les mecs dans ton genre.

Ça se pavane avec du fric, des montres de luxe et des grands airs, mais au moment de passer à la caisse, plus personne. Si on ne veut pas claquer son pognon avec une escort, il faut savoir se contenter de madame cinq doigts !

Une ou deux portes s'entrouvrirent sur le palier. Il fallait régler rapidement la situation.

— Écoutez mademoiselle…

— J'écoute rien du tout. Je veux mon fric. Un point, c'est tout ! Et je resterai là aussi longtemps qu'il le faudra.

J'étais prêt à lui donner la moitié de mon compte en banque pourvu qu'elle me débarrasse le plancher. Mais avant de pouvoir ouvrir la bouche, elle repartit de plus belle :

— Tu voudrais pas que j'aille à la police pour te foutre en l'air ta petite vie bien pépère, non ?

Je ne sais pas si j'ai toujours été comme ça, mais depuis ma première résurrection, je suis un peu soupe-au-lait.

— Si vous voulez du fric, allez faire la manche dans la rue.

Et je claquai la porte. Je regrettai aussitôt mon geste, craignant qu'elle reste plantée devant mon appartement en rameutant tout l'immeuble. Mais après avoir lancé deux ou trois imprécations, elle s'en alla.

Je tournai dans le loft un moment. Cette altercation m'avait perturbé : visiblement, ma mémoire déconnait. Le verre de vin et les programmes pourris de la télé attendraient. Il me fallait d'abord vérifier deux trois trucs sur moi avant d'être confronté à une nouvelle surprise, qui ne serait peut-être pas aussi agréable à regarder.

Je fis le point sur mes souvenirs et me rendis compte qu'ils n'étaient pas là. Certes, je savais que j'étais à Paris ; je savais qui avait gagné la dernière finale de rugby ; je me souvenais même de la date de la bataille de Marignan. Mais pour ce qui était des souvenirs personnels, rien avant mon réveil dans la ruelle de la veille. En même temps, je pouvais difficilement m'attendre à autre chose avec la moitié du cerveau disparue en une fois, puis revenue en une nuit.

Je me lançai dans la recherche d'indices sur moi-même. Après avoir fouillé dans tous les tiroirs et examiné les murs et étagères, le bilan était mince : j'étais avocat dans un quelconque cabinet d'une tour de La Défense. D'après mes bulletins de salaire, je gagnais plutôt bien ma vie, ce dont je me doutais rien qu'en observant mon appartement. Aucune trace d'une épouse ou d'enfants, ni dans mes documents administratifs, ni sur les photos disséminées dans les pièces, qui ne représentaient que ma belle trogne dans tous les lieux et situations et à peine entourée de quelques amis.

Je n'étais guère avancé. Aucune indication en tous cas qui aurait pu m'éclairer sur l'agression subie la veille au soir ou sur mes pratiques sexuelles avec les prostituées à gros seins. Je décidai d'en rester là, ne pouvant rien faire d'autre. Pour le reste de l'après-midi, je préférai donc appliquer mon programme initial vin-télé, tout en grignotant du saucisson et en continuant à ressasser en vain mes interrogations. Dans ma vie morcelée, je pouvais au moins me raccrocher à une valeur sûre : mes goûts culinaires étaient excellents, le vin et le saucisson étant divins.

En fin d'après-midi, je me décidai enfin à sortir un peu prendre l'air. On a beau habiter dans un loft vaste comme une cour de collège, à force de traîner comme une loque en peignoir sur le canapé, on finit par devenir claustrophobe.

Je mis un pantalon, une chemise et une veste, le tout confectionné par de grandes marques. Ou plutôt confectionné par de petits asiatiques payés une misère par de grandes marques. En attrapant les clefs dans la poche de mon pantalon précédent, je me rendis compte que j'allais sortir sans moyens de paiement. Je farfouillai dans mon volumineux portefeuille. Tout y était : American Express, Visa Platinum…

Je retournai au tiroir qui contenait mes documents administratifs. J'y pris le classeur dédié aux papiers bancaires et n'eus pas besoin de chercher longtemps pour trouver la lettre de ma banque qui m'informait du code de ma carte bancaire. Apparemment, je n'étais pas très à cheval sur le respect des conseils de sécurité diffusés par les banques. Je n'allais pas m'en plaindre en l'occurrence.

Quand je traversai le hall et sortis sur le trottoir, je pris une grande goulée d'air citadin pollué en me sentant aussi sûr de moi qu'un roi du pétrole rachetant un club de foot.

Ce fut alors que je vis arriver vers moi ma soi-disant pute escroquée, en grandes enjambées outrées et au visage grimaçant de furie. Je partis sur le trottoir en sens inverse et elle se dépêcha de se placer à ma hauteur, ses talons claquant sur le macadam comme une mitrailleuse dans les tranchées.

— T'espérais pas te barrer comme ça !?

Je feignis l'indifférence et continuai à marcher le nez au vent et les effluves de son parfum entêtant dans les narines.

— Je vais pas te lâcher, tu sais ? Tu me verras partout sur tes talons. Quand tu boufferas, quand tu travailleras, quand tu pisseras ! T'entends ?

Si extérieurement je me drapais dans un mépris digne, intérieurement je commençais à saturer. Nous atteignîmes le coin de la rue, laquelle aboutissait à une large avenue. Quelques passants nous jetèrent des regards intrigués. Il faut dire que ma vénus attirait l'œil avec sa robe ajustée qu'on avait envie d'arracher avec les dents. À cette idée, je souris malgré moi. Du coup, elle s'énerva.

— Tu vas où ? Arnaquer une autre fille innocente ?

Fille innocente ? Je ne parvins pas à éviter un soupir d'exaspération. Ce fut comme craquer une allumette à côté d'une bonbonne de gaz.

— C'est quoi ce soupir !? Tu te prends pour qui !? me hurla-t-elle au visage.

Les gens nous observaient carrément. Certains s'arrêtèrent pour mieux profiter du spectacle.

— Et toi ? Tu te prends pour qui, toi aussi ? Tu t'imagines que je vais filer des biftons à la moindre morue qui débarque chez moi ?

— Morue ? Tu disais pas ça quand t'as réservé ma prestation. Si t'as pas les moyens, t'as qu'à essayer de draguer les filles en boîte !

— Pas les moyens ? Et combien je te devrais, d'ailleurs ? Tu me l'as même pas dit.

— Au départ, c'était 300, mais vu ce que tu m'as fait, je te lâcherai pas à moins de 500.

— Quoi ? T'en vaux même pas dix ! fis-je, au comble de l'exaspération.

Ce fut le mot de trop pour ma donzelle dont je vis la main droite fuser vers mon visage. Je l'attrapai à temps, mais alors que j'entamai un ricanement victorieux, son tibia s'encastra dans mon entrejambe et une douleur fulgurante me remonta dans l'abdomen. Je me pliai en deux et mis un genou à terre. Mon rire initial se mua en gargouillis plaintif.

Par un étrange effet de translation, mon ricanement avorté passa de ma gorge à celles de plusieurs des spectateurs amusés. Pour me donner une contenance au milieu de toute cette honte, je pivotai légèrement pour me tourner vers l'avenue et dissimuler la douleur qui me ravageait le visage. Au fin fond de mon subconscient, je ne voyais pas comment cela aurait pu être pire.

À ce moment-là, j'aperçus une de ces camionnettes, avec une caméra panoramique au-dessus du toit, qui photographient, cartographient et mettent en boîte toutes les rues de la Terre. Pendant qu'elle passait juste sous mon nez, j'imaginai déjà ma trombine grimaçante de douleur sur tous les écrans d'ordinateur de la planète. « Le type qui se prend un coup dans les joyeuses de la part de sa greluche attifée comme un sapin de Noël ». Ça en jette. Succès garanti sur les réseaux.

Pendant que dans une fulgurance mon cerveau théorisait sur les dommages collatéraux de la cartographie urbaine moderne en 3D, les lèvres carmin de ma violente dulcinée s'approchèrent de mon oreille :

— Ce n'est qu'un avant-goût. Je veux mon fric. Sinon, tu vas regretter d'avoir croisé mon chemin.

Pour parachever sa supériorité momentanée, elle me gratifia d'une léchouille bien vulgaire dans l'oreille. Mes mains tenant encore mon entrejambe et le souffle court, je me dis que je risquais une otite, vu les endroits où sa langue avait dû traîner.

Quand je parvins à me hisser sur mes deux pieds, la plupart des badauds étaient retournés à leurs occupations, mais il restait encore deux ou trois spectateurs rigolards et probablement oisifs qui m'envoyaient des commentaires débiles sur l'avenir de ma virilité. Plus de trace, en revanche, de mon tortionnaire. Je me composai donc un semblant de dignité et poursuivit mon chemin, préférant de ne pas retourner tout de suite chez moi.

Au bout de cent mètres, je réussis à ne plus claudiquer, succès majeur qui me ramena dans le statut des bipèdes normaux, même si une souffrance lancinante dominait le bas de mon ventre. Dépité, je décidai de me remonter le moral en passant la soirée dehors et finis par échouer dans le quartier de l'Opéra.

*

*   *

Aussi surprenant que cela paraisse, mon agression physique m'avait donné faim. J'ignore si quelque part des laboratoires ont établi un lien entre ces deux faits. Peut-être à partir des statistiques des restaurants situés à proximité des clubs SM.

Pour faire simple et efficace, je décidai de me payer une virée restaurant-boîte-alcool. Vu mon appartement, mes fringues et mon boulot, je devais en avoir largement les capacités financières.

Je commençai dans un restaurant chic et à peine assis commandai *illico* un mojito. Je célébrai son arrivée sur la table par une grande rasade : beaucoup de sucre et d'eau et peu de rhum. Chics ou pas, les restaurants parisiens restent une arnaque. Cela ne m'empêcha pas de commander tout ce qu'il y avait de plus cher sur la carte.

Après un passage par un pub anglais, une rhumerie et un bar à vins, je décidai d'aller dans une boîte branchée. On était samedi soir. Je laissai un taxi m'emmener à celle qu'il voulait et atterris du côté de la Cité de la Mode.

Je me retrouvai rapidement accoudé au bout d'un comptoir anonyme. Lumières crues alternant avec obscurité complète, musique trop forte et sans qu'on puisse différencier un morceau d'un autre, jeunes qui s'essaient au jeu de la séduction en se trémoussant, avant de s'interrompre pour se prendre des *shots* ou aller se repoudrer le nez à la cocaïne dans des chiottes à moitié insalubres…

L'antre de la jeunesse dorée de la capitale. Je me sentais à la fois décalé et justement satisfait de flotter dans une sorte de vide intérieur solitaire.

J'en étais à ma troisième vodka et l'alcool qui envahissait mes veines accentuait ce vide intérieur. En lorgnant les couples qui se frottaient les uns aux autres, je commençais finalement à regretter de me trouver seul dans cette boîte. J'en vins même à songer que si j'avais été moins susceptible et avais donné à ma violente escort-girl les billets qu'elle me réclamait, j'aurais pu facilement satisfaire mes bas instincts.

Pour passer le temps et sans aucun espoir de lever une des étudiantes ou des jeunes actives qui monopolisaient la piste de danse, j'entamai depuis ma place un tour d'horizon de la gente féminine. Je repérai deux ou trois filles plutôt mignonnes, mais naturellement cernées de prétendants. Mon regard continua à défiler jusqu'à l'autre bout du comptoir où il tomba sur un gars arborant des muscles hypertrophiés et des lunettes noires.

Je le trouvai d'abord ridicule : vouloir se donner un style en portant des lunettes de soleil dans une boîte de nuit est d'un ringard. Puis, un léger trouble me saisit : même si je ne voyais pas ses yeux, j'avais l'impression qu'ils me fixaient. Mal à l'aise, je fis semblant de détourner le regard, tout en essayant de le détailler discrètement. Il était habillé avec un T-shirt clair sous un blouson de cuir noir, type perfecto. Ça aussi était assez daté. Si ce n'était par sa tête, au crâne intégralement rasé et aux joues rondes, il aurait pu ressembler par sa parfaite musculature à Schwarzenegger dans Terminator. Je me pris à espérer qu'il n'ait pas lui aussi un canon scié sous son blouson.

En tous cas, l'impression d'être épié par ce gus continua à me tarauder et je me dis qu'il avait dû faire le même tour d'horizon que moi précédemment mais en mode homo. Pas de pot pour lui : après mon trou dans la tête et le tibia de Miss Monde dans les parties, je ne me sentais absolument pas d'humeur à tenter une expérience de plus.

Pour bien montrer mon désintérêt, je me tournai ostensiblement sur ma gauche. Je me retrouvai donc face au mur qui se trouvait derrière les barmen et qui était recouvert d'un immense miroir, dans lequel se reflétait l'image du dragueur en blouson noir. Cela acheva de me décider à rentrer. Je vidai le fond de mon verre d'une gorgée et m'apprêtai à quitter les lieux quand je vis dans le miroir le Terminator joufflu porter la main à ses lunettes et les soulever pour dévoiler ses yeux.

Je stoppai net mon mouvement et restai bêtement immobile : à la place de ses yeux, on ne voyait que deux lumières rouge écarlate qui inondaient son visage comme s'il avait porté des sémaphores à l'intérieur de ses orbites.

Je devais ressembler à un toxico en pleine crise, car le barman pourtant débordé s'approcha de moi.

— Ça va, monsieur ?

Je me penchai sur le côté pour observer le Schwarzy gay directement et non plus par l'entremise du miroir : ses yeux étaient normaux et me fixaient d'un air goguenard. Je tournai ma tête vers la glace et vis à nouveau les deux sémaphores.

— Monsieur ? répéta le petit jeune du bar, comme s'il s'adressait à un grand-père souffrant d'Alzheimer.

Ce fut ce qui me réveilla. Trop de péripéties ce jour-là. Je fis demi-tour et me précipitai vers la sortie. J'errai quelque temps par les trottoirs en quête d'un taxi. Aucun en vue, évidemment. Tant pis, je décidai de ne pas m'attarder. Malgré mon état alcoolisé et ma fatigue, j'avais une idée globale de la direction à adopter pour rentrer chez moi. Ce qui ne m'empêcha pas de me perdre une ou deux fois dans le dédale des rues. Ma dernière perte de repères eut lieu à deux pâtés d'immeubles de ma destination. Si bien que j'eus le choix entre faire un grand détour ou emprunter une ruelle obscure. La sagesse et les scénarios de mauvais films auraient tous deux milité pour un détour. Mais j'en avais marre. Aussi, je m'engageai dans la ruelle avec une alarme « connerie ! » glapissant avec insistance dans ma tête.

J'en étais aux trois-quarts du parcours et je commençai à me rasséréner. Un sentiment euphorique me gagnait et me susurrait que j'avais eu raison de prendre ce raccourci, quand je vis une silhouette se détacher des ombres juste devant moi. Mon cœur loupa une pulsation, avant que je m'aperçoive qu'il s'agissait encore de ma commerçante du sexe. Je fus presque heureux de la rencontrer, à la place d'un gros moustachu armé d'un cran d'arrêt. Cet état de grâce ne dura cependant pas, anéanti par la voix de ma persécutrice.

— Alors, blaireau, tu reviens de chez quelle fille ? Tu as payé au moins, cette fois-ci ? Ou tu as encore décidé de resquiller ?

Je m'arrêtai au milieu de la ruelle, les poings sur les hanches dans une attitude que je souhaitais virile, et grommelai une vague exclamation.

— Qu'est-ce que tu marmonnes encore ? fit-elle.

— Vous pouvez pas me lâcher un peu ? dis-je d'une voix rendue pâteuse par la fatigue et l'alcool.

— T'es sourdingue ou débile ? Je t'ai dit que tu me devais du fric et que je te foutrai pas la paix jusqu'à ce que tu me le files. C'est quoi exactement le mot que t'as pas compris dans cette phrase ?

Elle me parlait comme à un moucheron trépané. Excédé, je farfouillai d'un geste rageur dans mes poches et en sortis une poignée de billets que je jetai furieusement au visage de mon interlocutrice.

— Tiens ! Ça te va !?

L'œil rond de Miss Univers fit plusieurs allers-retours entre les billets et mon visage.

— C'est quoi ton problème ? me demanda-t-elle, avec un ton qui semblait au-delà de la thèse du moucheron trépané. Tu crois vraiment que je vais accepter que tu me balances à la tronche trois pauvres billets à ramasser ensuite par terre ?

Putain, elle n'allait jamais me lâcher !

Je m'apprêtais à ouvrir la bouche pour lui cracher un commentaire acide et lui indiquer où elle pouvait bien se les fourrer, ses billets, quand je perçus un mouvement à la limite de mon champ visuel. Je refermai lentement la mâchoire et tournai la tête sur ma gauche… et sur ma droite.

Six silhouettes, fondues dans l'ombre, nous entouraient désormais.

— Alors, les tourtereaux. En pleine scène de ménage ?

Outre un léger accent, la voix était hautaine, suffisante, condescendante. Si elle avait eu des yeux, elle nous aurait regardés de haut.

— Cette morue n'est pas ma copine, déclarai-je.

— Ce naze n'est pas mon copain, répliqua l'intéressée. Même si on a couché ensemble.

— C'est bon : pas la peine d'étaler notre vie privée, non plus, protestai-je.

— Ah, parce que tu considères que nous avons une vie privée commune ?

L'agacement que suscitait chez moi la Wonder Woman tarifée m'en faisait presque oublier la présence inquiétante des six ombres. La première qui avait parlé coupa à nouveau notre échange d'amabilités.

— Fermez-la ! On n'est pas là pour écouter vos histoires de couple.

La voix, sûre d'elle, n'était pas montée d'un seul décibel, avec maintenant un soupçon de ton menaçant à la limite de l'audible. D'un seul coup, les vapeurs d'alcool qui m'embrumaient encore l'esprit s'évaporèrent et mon inquiétude grandit parallèlement. La nuit antérieure, j'avais survécu à une balle dans le crâne pour finir le lendemain avec un couteau dans le buffet. Cela risquait de faire beaucoup pour mon organisme.

— Vous allez nous suivre bien sagement, la grognasse et toi, et tout se passera bien.

Visiblement, Miss Monde n'était pas aussi réceptive que moi aux modulations de la voix. À moins qu'elle ait eu un problème avec l'autorité. Ou –plus probablement – qu'elle n'en ait rien eu à carrer. Car elle répondit sans sourciller :

— La grognasse, elle t'emmerde. Et elle n'ira nulle part, à moins que tu demandes des prestations particulières et que tu paies pour elles. C'est clair ?

En une fraction de seconde, le cercle se resserra. Les six ombres se transformèrent en six gars athlétiques en costard et cravate de qualité, des gants noirs aux mains et des pompes cirées. Loin des loubards aux abdos fabriqués à la bière, que je m'étais attendu à contempler. Cette surprise ne fit qu'alimenter un peu plus le feu de mon inquiétude, qui ne demandait qu'à se transformer en brasier.

— Je crois que vous n'avez pas bien compris, reprit l'ombre. Vous n'êtes pas en situation d'exiger quoi que ce soit. Roxy et toi venez avec nous. De gré ou de force.

Sa voix était descendue de plusieurs degrés Celsius. Elle se rapprochait dangereusement du zéro absolu. Bientôt, le gars allait pouvoir me congeler rien qu'avec son haleine. Mais une fois de plus, l'effet sur ma bimbo inconsciente était nul. Elle éclata d'un grand rire, en se tournant vers moi.

— Roxy ? Ton surnom, c'est Roxy ? Merde, j'suis pourtant bien placée pour savoir que t'es pas homo. T'as regardé trop de dessins animés peut-être ?

Bizarrement, ses sarcasmes eurent l'effet d'une douche froide : mon inquiétude reflua, remplacée par la colère. Contre elle, contre les six abrutis méprisants, contre tous ceux qui depuis ma résurrection essuyaient leurs godasses sales sur mon amour-propre. La Voix – je distinguais désormais l'ombre qui émettait les sons, mais je trouvais à sa voix encore une vie autonome – ne se laissa pas démonter :

— Ça suffit ! À genoux, tous les deux, les mains derrière le dos !

— Sûrement pas ! s'opposa Miss Monde.

À peine avait-t-elle fini sa phrase qu'un des gars lui tomba dessus, l'attrapa par le cou et la plaqua contre un mur. Deux autres se précipitèrent vers moi, pendant que la Voix précisait qu'il fallait me capturer vivant. Me capturer vivant ? Mais dans quoi je m'étais encore fourré et qui étaient ces gars !? Ce fut ma dernière pensée cohérente. Ensuite, tout s'accéléra comme si je n'avais été qu'un observateur extérieur et que mon corps eut bénéficié d'une autonomie complète.

Je me baissai pour esquiver le coup de poing du premier assaillant, pivotai autour de lui, l'empoignai et l'envoyai valdinguer contre le deuxième qui arrivait en trombe. Ils basculèrent tous les deux sur le sol, épongeant avec leur costard coûteux l'eau croupie de la ruelle. Pendant qu'ils cherchaient à se relever, j'aperçus Miss Monde qui, toujours maintenu par le cou contre le mur, se débattait en griffant son agresseur au visage. J'eus l'impression qu'elle essayait de lui crever un œil. Elle ne devait pas être loin d'y parvenir car elle lui avait déjà ouvert une arcade sourcilière rien qu'avec ses ongles. Le type, qui dans un premier temps avait probablement voulu se montrer courtois, prit la mesure de son adversaire et lui assena une énorme gifle qui laissa mon amante d'une nuit à moitié sonnée.

Je n'eus pas le temps de m'y appesantir, car je détectai un mouvement à la périphérie de ma vision. Je tournai en lançant le tranchant de ma main qui rencontra une trachée artère et s'y écrasa en provoquant un craquement sinistre. Le gars afficha une moue surprise avant de s'effondrer.

Je serais bien resté ébahi par ce que je venais de faire, mais mon cerveau reptilien avait d'autres priorités : les deux serpillières de flaques sales s'étaient relevées et revenaient à la charge. J'eus le temps d'intercepter le premier gars avec un coup de pied dans le ventre, avant d'entendre un *pop* et de sentir une langue de feu et de douleur me déchirer l'épaule.

Ahuri, je portai la main à ma blessure pour y sentir la texture chaude et gluante du sang. Deux des pantins profitèrent de mon inattention pour me clouer au sol. Le choc se répercuta dans ma blessure, m'arrachant un cri.

La Voix (je ne savais pas comment l'appeler autrement. Numéro 1, peut-être ? En général, celui qui parle est le chef, non ?) s'approcha, tenant un pistolet muni d'un silencieux.

— Tss, tss, tss. Tu me déçois, Roxy. Tout aurait pu très bien se passer. Et voilà que tu fais encore des tiennes.

Comme dans ces mauvais films où le héros ne comprend jamais rien à rien, j'aurais pu lui gueuler *« Je ne m'appelle pas Roxy ! »*. D'autant plus que le surnom était en effet ridicule, comme l'avait remarqué avec pertinence la morue. Mais dans ma situation, je préférai me concentrer sur mes efforts pour me débarrasser des deux mecs qui me maintenaient au sol.

Comme je ne répondais pas, Numéro 1 s'adressa au dernier des costards, qui était venu se placer à côté de lui.

— Tu vois Pete, c'est le problème avec Roxy. Il n'a toujours pas compris qui doit diriger et qui doit se soumettre. Et il a encore moins compris qu'il appartient à la seconde catégorie.

Sa morgue me donna envie de lui arracher la tête. Malheureusement, je ne disposais pas immédiatement des moyens de satisfaire ce désir. Je jetai un coup d'œil à Miss Monde qui, sonnée, ne tenait debout que parce que son adversaire l'agrippait toujours par le cou. Je me disais que malheureusement la partie était fichue quand un cri hargneux retentit sur ma droite.

Je vis débouler le Schwarzy croisé à la discothèque. Mais sans les lunettes noires, cette fois. Le gars tenait une barre de fer avec laquelle il explosa *illico* la tête du dénommé Pete avec un bel enthousiasme de joueur de base-ball. Du sang gicla et Pete s'écroula, avant que Numéro 1 ne pense même à réagir.

Ce qui ne fut pas mon cas. De surprise, les gars qui me maintenaient avaient relâché leur pression. Malgré la douleur à mon épaule, je dégageai mes deux bras, chopai les deux têtes et les catapultai l'une contre l'autre. Puis, je culbutai en arrière pour m'éloigner d'un mètre et me relever d'un bond. Je fis un rapide tour d'horizon de la situation.

Miss Monde avait joué la comédie de la pauvre demoiselle dans les vapes, car dès l'attaque surprise du nouveau venu, elle en avait profité pour ressortir sa carte maîtresse : un coup de pied dans les joyeuses de son agresseur, qui se pliait de douleur. Quelque part, cela me fit plaisir de savoir que d'autres que moi tombaient dans le piège. Cela me vengea momentanément de tous les connards qui s'étaient fendu la poire cet après-midi en assistant à mon humiliation.

Plus proche de moi, Numéro 1 avait enfin repris ses esprits et levait son flingue vers Schwarzy. Celui-ci, sur sa lancée, fit tournoyer la barre de fer, passant du base-ball à la gymnastique rythmique et sportive, et l'écrasa sur le poignet de Numéro 1 qui poussa un hurlement de douleur. Le ton hautain et condescendant avait disparu, ce qui me donna un regain de vigueur.

Je lançai mon pied dans le menton d'un de ceux qui tentaient de se relever. J'entendis les vertèbres craquer et le type s'effondra avec un cou faisant un drôle d'angle. Le même angle que faisait le poignet de Numéro 1, pendouillant mollement au bout de sa main. Schwarzy ne lui laissa aucune chance : à la manière d'un lanceur de javelot, il enfonça la pointe de la barre de fer dans le thorax de Numéro 1, qui resta empalé contre un mur de la ruelle. Fugacement, je me demandai si Schwarzy avait pour ambition de faire une démonstration de l'ensemble des disciplines olympiques en un seul combat…

Entre temps, Miss Monde avait sorti de son sac une matraque électrique –bizarrement, je n'en étais pas surpris – et elle la planta dans le cou du gars qui se tenait encore les valseuses. La décharge le fit gigoter, comme les danseurs de la discothèque de tout à l'heure, avant de s'effondrer.

Ne restait plus en état opérationnel que le deuxième des gars qui m'avaient maintenu au sol. Encore avec un genou à terre, il jeta un regard circulaire, fit une analyse rapide du rapport de force et se tourna vers moi en écartant les mains en signe de trêve.

— O.K., Roxy. Je suis sûr qu'il y a moyen de discuter.

Mais avant de pouvoir lui gueuler cette fois-ci que je ne m'appelais pas Roxy, Schwarzy, qui avait entre-temps ramassé le calibre de Numéro 1, le pointa vers la nuque du type et pressa la détente. *Pop*. Nouvelle giclée de sang. Nouveau cadavre étendu sur le sol.

Je lançai un regard effaré à l'exécuteur.

— Ça va pas !? Qu'est-ce qui t'a pris ?

— Tu préférais le flinguer toi-même ?

J'en restai sidéré.

— Mais… Mais, non ! On ne peut pas tuer les gens de sang-froid comme ça.

Il me regarda lui aussi comme si j'avais un QI d'huître. Cette habitude commençait à me gonfler. Comme si pour tout le monde, je me trouvais en bas de la pyramide de l'évolution.

— Et eux ? me répondit-il avec un geste englobant les autres costards étalés sur le sol, Numéro 1 étant quant à lui toujours empalé sur sa barre de fer.

— C'est pas pareil.

— Je vois pas la différence.

— On ne peut pas se balader en butant les gens. Il y a des lois.

— Ils pensaient les respecter les lois, eux ? Tu crois qu'ils venaient quêter pour l'Armée du Salut ?

— Ils me voulaient vivant, dis-je sans y mettre trop de conviction.

— Vivant, oui, mais dans quel état ?

Ce fut le moment que choisit l'eunuque électrocuté pour émettre un gémissement.

— Ha, il en reste un, déclara Schwarzy en se tournant vers lui.

Je l'attrapai par le bras.

— Non. Je t'interdis de le tuer.

Je mis dans ma voix toute l'autorité que je pus. Je ne savais pas ce qui se passait, ni qui étaient ces gens. Je ne savais pas comment j'avais pu mettre en œuvre des réflexes dont je n'avais pas même soupçonné l'existence ni comment j'en étais arrivé à tuer quelqu'un. Mais un fond de morale, de sagesse, d'humanité – appelez cela comme il vous plaira – m'empêcha de considérer comme normale l'exécution des perdants dans une bagarre de rue.

— Comme tu voudras. Mais tu risques de le regretter, dit Schwarzy haussant les épaules et se détournant vers Numéro 1, dont il entreprit de fouiller les poches.

— Tu fais quoi, là ? protestai-je, à nouveau horrifié. Tu détrousses les cadavres ?

— J'essaie de trouver des indices sur ces mecs, lâcha-t-il.

Visiblement bredouille, il passa au gars suivant (Pete, d'après la tête enfoncée et sanguinolente).

— Bonne idée, lui fit écho Miss Monde en s'y mettant aussi.

Personnellement, je la soupçonnai de chercher de l'argent.

— Bon, j'en ai ma claque. Avant qu'un témoin nous dénonce, je vais prévenir les flics, en espérant qu'ils considèrent

avec bienveillance le fait que nous nous livrions spontanément.

La main de Schwarzy jaillit comme un cobra sur un mulot
et me stoppa net dans mon élan.

— Par le sang bouillonnant du Christ ! Tu comptes faire
quoi, là ?

— Prévenir les flics. Pourquoi ?

— Tu es débile ou quoi ?

— Moi, ça fait un moment que j'en suis convaincue, lança
Miss Monde en enfournant des billets dans son sac-à-main,
confirmant mon hypothèse.

D'une secousse, je me dégageai et marchai vers le bout de
la ruelle qui donnait en face de mon immeuble.

— C'est vous qui êtes complétement cons. Et désolé
d'avoir un peu plus de sens moral que…

Un choc. Puis, le trou noir.

CHAPITRE 2

GUEULE DE BOIS

Je me réveillai l'esprit embrumé. J'étais allongé sur un duvet à la consistance aussi cotonneuse que mon cerveau. Des bruits de cuisine provenaient d'une pièce adjacente, ainsi que le son d'une télé. Je ne parvenais pas à bien saisir l'émission qui était diffusée. Il y avait beaucoup de musique, mais cela ne ressemblait pas à un concert.

Je me mis péniblement en position assise. J'avais l'impression d'avoir tous les muscles ankylosés. Je regardai du côté de mon épaule et me rendis compte que j'étais torse nu. Un bandage sommaire recouvrait la zone de ma blessure. Je l'arrachai. La plaie était devenue minuscule et la douleur inexistante. Comme la veille, les tissus et les chairs se refermaient à vue d'œil, ne produisant que quelques picotements désagréables.

Rassuré sur ce point, je remis le pansement en place et me concentrai sur mon environnement immédiat. Plusieurs affiches de starlettes ou de motos décoraient les murs. Des maquettes d'avions reposaient sur le haut des armoires. Le duvet sur lequel j'étais assis arborait les couleurs de l'Union Jack. Je n'étais manifestement pas dans mon loft bourgeois.

Je me levai péniblement et me traînai jusqu'à la porte. Les bruits de cuisine et de télé me parvenaient toujours à travers la porte. J'ouvris celle-ci précautionneusement et passai la tête. Le soleil du matin illuminait la pièce. Sur ma droite, dans le coin cuisine, je vis la bimbo en train de farfouiller dans des tiroirs afin de préparer du café. Que cette fille-là sache faire autre chose qu'ouvrir un sachet de café soluble constituait déjà en soi une surprise.

Le deuxième motif d'étonnement se situait à l'autre bout de la pièce, sur ma gauche. Assis sur le canapé, Schwarzy me tournait le dos en se marrant par intermittence comme une baleine. Je m'avançai lentement pour découvrir ce que regardait le mastodonte : un épisode de Tom & Jerry. Un monument de haine anti-féline. À cet instant précis, le chat, un bâton de dynamite dans la bouche et les pattes enfoncées dans du béton, recevait une pluie d'haltères sur la tête.

— Tiens. Eliott Ness l'incorruptible est réveillé, fit Miss Monde dans mon dos.

Schwarzy se retourna, un large sourire aux lèvres.

— Salut ! Sois le bienvenu chez moi ! Comment ça va ?

Toujours dans les vaps, je m'installai à un bout du canapé et passai une main à l'arrière de mon crâne. Je sentis une bosse en cours de résorption, elle aussi.

— Lequel d'entre vous m'a assommé ?

— Et perspicace, avec ça, souligna Miss Monde avec un sourire moqueur tandis qu'elle appuyait sur le bouton de la cafetière.

— Par les cornes tarabiscotées de Belzébuth ! Tu nous as pas laissé le choix. Si je l'avais pas fait, tu serais allé tranquillement prévenir les flics.

Je peinais à maintenir ma tête droite, tant la douleur continuait à se diffuser à partir de la bosse au-dessus de ma nuque. Le vacarme de la bimbo dans le coin cuisine n'améliorait pas mon mal de crâne. Schwarzy avait dû m'assener un coup d'une telle violence que je le soupçonnais d'y avoir pris du plaisir. Comme s'il avait suivi le cours de mes pensées, l'intéressé leva ses immenses paluches en un signe incongru d'apaisement. Un peu comme si un grand requin blanc ouvrait la gueule et vous faisait admirer ses six rangées de dents effilées pour vous convaincre de son amabilité.

— Ça me paraît normal, non ? dis-je.

— Qu'est-ce qui te paraît normal ?

— De ne pas laisser les criminels courir les rues.

— Oui, pourquoi ?

— Et donc de nous dénoncer pour ce que nous avons fait.

Je sentis un flottement chez mon interlocuteur.

— Attends, attends. Là, c'est pas pareil.

— Ah bon, nous n'avons pas tué six hommes ? Ah, non, c'est vrai : le sixième était encore seulement blessé quand tu t'es défoulé sur moi.

J'ajoutai avec un sourire d'ange :

— Tu as réussi à l'achever, peut-être, après m'avoir mis K.O. ?

— Ben non, fit l'autre avec une sincérité confondante. Tu nous avais demandé de pas le faire. D'ailleurs, à mon avis, c'est une grosse connerie.

Ayant fini de concocter son café, Miss Monde vint s'asseoir sur le fauteuil en face du canapé, en touillant tranquillement sa tasse. Naturellement, elle n'avait pas daigné nous en préparer. Ce qui ne m'étonna pas. Elle s'était à peine assise qu'elle se jeta aussitôt dans la mêlée.

— Il ne faudrait pas oublier qu'on était en état de légitime défense.

Je feignis l'étonnement.

— Légitime défense ?

— Ce sont eux qui ont essayé de nous tuer.

— Alors dans ce cas, nous n'aurions rien risqué à aller voir la police.

Schwarzy secoua vigoureusement la tête et les mains.

— Non, non, non, lança-t-il en se levant et contournant le canapé.

Il se dirigea vers le coin cuisine. Le débardeur noir qu'il portait moulait ses muscles tellement renflés qu'ils paraissaient sur le point d'exploser.

— Ça n'a rien à voir.

Il attrapa une bouteille de lait aromatisé à la vanille et en avala plusieurs rasades au goulot.

— Les flics n'auraient jamais cru en notre version, affirmat-il avec une moustache jaunâtre sur la lèvre supérieure.

— Et pourquoi ça ? Ça ne serait pas la première fois que d'honnêtes citoyens se feraient agresser dans une ruelle.

— Non. Mais ce serait la première fois qu'ils neutraliseraient six agresseurs sans même une égratignure.

— J'ai été blessé, fis-je remarquer.

— Ah bon ? ricana Schwarzy. Et ta blessure ? Elle va rester ouverte combien de temps encore ?

Je le fixai avec intensité. De l'autre côté de la table basse, Miss Monde fronça les sourcils.

— Je ne comprends pas. Qu'est-ce qu'il veut dire par là ? demanda-t-elle.

Le colosse se troubla légèrement, conscient d'avoir lâché plus qu'il ne l'aurait souhaité.

— Il le sait, lui, contre-attaqua-t-il rapidement.

Je ne répondis rien et continuai de fixer Schwarzy, comptant un peu noyer le poisson. Mais c'était oublier un peu vite la bimbo et son entêtement.

— Alors ?

— Je ne vois pas de quoi il veut parler.

— Ha ! s'exclama Schwarzy. Par le sourire lubrique de Satan, je n'en crois rien.

— Bon, y'en a marre de votre partie de ping-pong. C'est quoi cette histoire de blessure ?

Le colosse attrapa un paquet de sablés et revint s'asseoir sur le canapé.

— Ses blessures se referment d'elles-mêmes.

— Comme chez tout le monde sauf les cadavres, fit pertinemment remarquer Miss Monde.

— Certes, reconnut Schwarzy en ouvrant son paquet et en ingurgitant un biscuit. Mais les siennes le font beaucoup plus rapidement que la normale.

La bimbo ne dit mot. Elle se leva, s'approcha de moi et sans crier gare arracha le pansement à mon épaule. Miss Monde observa ma peau quasiment intacte, puis me jeta le pansement au visage avant de retourner s'asseoir sans un mot.

Je gigotai, un peu gêné sous son regard inquisiteur. J'essayai de me justifier :

— Bon bah, oui. Peut-être que je cicatrise un peu mieux que d'autres.

— Comment ça se fait ? demanda-t-elle immédiatement.

— En fait, j'en sais trop rien. Et puis, tout est assez récent, en fait.

— C'est-à-dire ?

— Mes souvenirs personnels ne remontent pas au-delà d'hier soir.

Je leur racontai alors la soirée de mon réveil. Mes auditeurs n'en perdirent pas une miette. Quand j'en eus fini, je pris une grande inspiration et fermai les yeux, préférant ne pas affronter leur scepticisme. Il était perceptible dans la voix de Miss Monde quand elle brisa le silence.

— Et tu ne te souviens vraiment plus de rien ?

— Je me souviens des événements collectifs qui se sont déroulés dans la ville ou dans le pays. En revanche, aucun souvenir personnel antérieur à mon réveil dans cette ruelle.

Elle prit le temps de siroter le fond de sa tasse. Elle ne nous en avait toujours pas proposé.

— Et comment tu expliques tout ça : l'amnésie, les guérisons supersoniques, les mecs qui ne te veulent pas de mal mais te tombent dessus à six et armés… ?

— C'est pas ça, la question ?

— Ah bon et c'est quoi la question ?

Je pointai mon index sur la masse de Schwarzy dont les énormes mains enfournaient des poignées de sablés dans sa vaste bouche. Il arrêta aussitôt son geste.

— La question est plutôt : comment, lui, il a fait pour le savoir ?

La glotte de Schwarzy s'évertua à faire passer vers l'estomac les morceaux de biscuits encore dans le fond de sa gorge.

— Tu savais que mes blessures guérissaient anormalement vite. Tu peux nous expliquer comment tu étais au courant ?

Ce fut son tour de se retrouver fixé par quatre yeux inquisiteurs.

— J'en savais… euh… rien. Euh. J'ai vu simplement que tu guérissais à une vitesse prodigieuse.

— Sous le pansement ? rebondit Miss Monde. Tu possèdes une vision au rayon X ? Comme Superman peut-être ?

Schwarzy se troubla, hésita, puis renonça :

— D'accord, d'accord. En fait, j'ai la même faculté.

Nous restâmes un moment silencieux.

— Pff, finit par lâcher la bimbo en se levant pour ramener sa tasse vide vers le coin cuisine.

Je continuai à fixer le colosse d'un air dubitatif. Les talons expressifs et sonores de Miss Monde sonnèrent sur le lino.

— Et tu crois qu'on va gober ça ? demandai-je à Schwarzy.

— Il faudra bien, parce que c'est la vérité.

— Comme par hasard.

Les talons revinrent.

— Je ne vois pas pour quelle raison je mentirais.

— Personnellement, j'en vois plein…

Je n'eus pas le loisir de les énumérer : la bimbo était revenue en dissimulant un couteau de cuisine. En un clignement de paupières, elle l'appliqua sur l'avant-bras droit de Schwarzy et en fit glisser le tranchant sur la peau, découpant la chair avec la facilité d'un garçon-boucher tranchant un morceau de tournedos.

— Aaaaargh ! hurla le mastodonte, qui se leva immédiatement et de la main gauche assena spontanément une gifle phénoménale à Miss Monde.

Je n'avais pas bougé de mon coin de canapé, pantois, les yeux écarquillés. Devant moi, une montagne de muscles qui aurait pu jouer un barbare adorateur de Crom tenait son bras sanguinolent, sans parvenir à contenir les gouttes vermeilles qui s'écrasaient en une pluie visqueuse sur le lino. Étalée à ses pieds, Xéna la guerrière se massait une joue qui devenait aussi écarlate que si on lui avait renversé dessus un flacon de vernis à ongles. Je ne pus m'empêcher de me demander que ce que je fichais là. Si on y ajoutait mon amnésie partielle façon Jason Bourne, mes capacités d'auto-guérison à faire trembler le chiffre d'affaires de toutes les entreprises pharmaceutiques et la bande de psychotiques en costard qui m'en voulaient, ça devenait carrément flippant. À quel moment tout avait commencé à partir en vrille ? Un peu comme dans les épisodes de la Quatrième Dimension, quand il y a un moment imperceptible à partir duquel la réalité décide de tester des chemins improbables.

Dans la pièce, j'étais visiblement le seul à me poser des questions métaphysiques, les autres s'intéressant à des sujets bien plus terre-à-terre.

— Par l'haleine pestilentielle de Lucifer ! T'es tarée ou quoi ? cracha Schwarzy. Qu'est-ce qui t'a pris ?

L'autre se releva avec une moue boudeuse, non sans avoir pris la peine de s'éloigner un peu des battoirs de son interlocuteur.

— Tu dis que tu guéris miraculeusement, toi aussi. C'était le meilleur moyen de le vérifier. Non ?

Cette fille était folle. Tendance clairement psychopathe. Vérifier les allégations de guérison miracle en tailladant des bras au couteau de boucher… Qui peut bien réagir ainsi, à part une sadique patentée ? Je me demandai brusquement si son annonce d'escort ne se résumait pas à « maîtresse dominatrice vous torture avec plaisir ».

— Me découper en morceaux !? C'est tout ce que t'as trouvé ? hurla Schwarzy.

— Et alors ? C'est quoi le problème, puisque monsieur n'aura plus aucune séquelle dans une heure ?

— C'est pas aussi rapide ! Et puis même : ça fait vachement mal ! T'es pas nette !

Miss Monde haussa les épaules et repartit s'installer sur le fauteuil. Schwarzy, tout en continuant à maugréer, s'engouffra dans la salle de bain pour y chercher un pansement. Comme personne n'avait l'air de s'en préoccuper, j'allai chercher des essuie-tout pour nettoyer la flaque de sang au milieu de la pièce.

Le reste de la matinée confirma l'impression initiale de participer au scénario tordu d'une série fantastique. Nous la passâmes, assis ou déambulant, dans un état morose et impatient. Schwarzy ne remit pas son dessin animé. Miss Monde buvait café sur café. En ce qui me concernait, la fatigue accumulée me rendait apathique et je profitai donc du repos forcé pour recharger mes batteries.

Une heure après avoir servi de pierre à aiguiser, l'avant-bras présentait une cicatrisation avancée. Au bout de deux heures et demie, la plaie n'était plus qu'un mince trait rouge. Schwarzy l'exhiba avec un mélange de colère et de contentement pervers sous le nez de Miss Monde.

— C'est bon ? Satisfaite ?

Loin de montrer de la satisfaction, l'intéressée s'effondra sur son fauteuil.

— Putain, c'est pas vrai. Dans quoi je suis tombée ?

Elle eut un geste las qui englobait indifféremment Schwarzy, moi, la pièce, la ville, l'univers.

— Je ne voulais que récupérer mon argent. Pourquoi je me retrouve au milieu de tout ça ?

— De tout ça quoi ? lui demandai-je.

Elle me regarda une fois de plus comme si j'étais à moitié demeuré. Cela commençait à devenir une sorte de coutume dont je me serais bien passé.

— Parce que tu trouves normal que vous guérissiez tous les deux aussi vite et qu'une bande sortie de je ne sais quelle agence secrète nous tombe dessus ?

— Qu'est-ce que tu racontes ? Une agence secrète ?

— Les mecs d'hier, tu crois qu'ils venaient d'où ?

Sa voix commençait à monter dans les aigus, ce qui ne laissait rien présager de bon.

— On les a fouillés avec l'autre naze…, continua-t-elle.

— Hé, je suis pas un naze ! protesta Schwarzy.

Miss Monde n'en eut cure et continua à la manière du bulldozer traversant une réserve naturelle.

— Et tu crois qu'ils avaient quoi dans leurs poches ?

La question était purement rhétorique.

— Que dalle ! continua la bimbo. Que d-a-l-l-e. Tu comprends ? Pas une carte d'identité, un passeport, un permis de conduire. Pas même un ticket de métro ou un abonnement à un club de sport.

Elle se leva et se mit à faire les cent pas.

— Des flingues, des silencieux, des couteaux. Ça, oui. Un véritable arsenal. Mais pas la moindre trace d'identité. Rien, nada, nothing, walou. Et vous savez comme moi ce que ça veut dire, n'est-ce pas ?

La polyglotte s'arrêta et se tourna vers nous, pendus à ses lèvres.

— Que ces types travaillaient pour une quelconque agence gouvernementale.

— Tu penses à laquelle ? demanda aussitôt Schwarzy, subitement intéressé.

— J'en sais rien : CIA, IS, DGSE, Mossad, FSB… On s'en fout.

Elle secoua la tête avec désespoir.

— C'est un coup à finir dans une Ford Falcon.

— Une quoi ? demandai-je en fronçant les sourcils.

— « Disparue » ! Il faut toujours te faire un dessin, toi.

Décidément, je ne comprenais jamais rien à ce qu'elle racontait. Cette fille était à ranger dans la même catégorie que les statues de l'Île de Pâques : une énigme dont on ne souhaite pas réellement obtenir la clé, car on sait qu'on sera déçu. Je tentais de modérer sa réaction.

— Tu crois pas que tu en fais un peu trop ?

Nouveau regard type assistante de vie scolaire face à un gamin attardé.

— Un peu trop ? Eh bien, ne t'inquiète pas : je vais en faire un peu trop ailleurs. Parce qu'il est hors de question que je passe une minute de plus avec des mecs au métabolisme flippant et traqués par des tueurs, que ces derniers soient fonctionnaires gouvernementaux ou pas.

Elle s'empressa de ramasser ses affaires, tout en nous jetant de fréquents coups d'œil et en prenant soin de ne jamais nous tourner le dos. L'ambiance virait nettement au Cluedo.

— Oubliez-moi. On se connaît pas. On s'est jamais vus, lança-t-elle en franchissant la porte d'entrée et en la claquant derrière elle.

Nous restâmes immobiles un moment. Peut-être imaginions-nous qu'elle allait revenir toquer à la porte. Mais il ne se passa rien. Schwarzy fut le premier à reprendre la parole.

— Hé ben, quel typhon, cette fille. Tu te l'es vraiment tapée ? s'enquit-il.

Je m'ébrouai.

— En tous cas, elle nous a montré la voie. Ne le prends pas mal, gars, mais ne m'en veut pas de ne pas déjeuner avec toi.

Il me suivit jusqu'à la chambre.

— Tu fais quoi, là ?

Occupé à chercher ma chemise, je ne lui répondis pas. En revanche, je gardai un œil sur lui, pendant que je furetais dans les recoins. Esprit Cluedo quand tu nous tiens.

— Par les sandales ailées d'Hermès, tu ne vas pas te barrer, toi aussi ?

Lassé de ne pas trouver ma chemise, je me contentai d'enfiler ma veste, que je boutonnai pour masquer au mieux la nudité de mon torse. J'en profitai pour vérifier discrètement si mon portefeuille se trouvait toujours dans la poche intérieure. Ce qui était le cas.

— Désolé de te faire faux bond, mais j'en ai autant ma claque que Miss Monde. Alors, tu m'excuseras, mais...

Je m'approchai de la porte qu'il obstruait de sa masse de muscles. Je me demandai ce que je pourrais bien faire s'il refusait de s'écarter, mais il finit par se décaler de lui-même. Je me faufilai prudemment, me dirigeai vers la porte et lui jetai un dernier regard circonspect. Il secoua la tête :

— Ce n'est pas une bonne idée de retourner chez toi. Regarde ce qui s'est passé cette nuit.

J'avais envie de lui rétorquer qu'il en portait une bonne part de responsabilité, mais préférai ne pas trop tenter le diable.

— Ce n'est peut-être pas une bonne idée, mais je n'en ai pas d'autre. Salut.

Une fois dans les escaliers, je ralentis mon pas. Je n'avais pas vraiment réfléchi à la suite des événements et mon retour chez moi ne m'apparaissait plus trop comme une solution acceptable. La loi de la foudre qui ne tombe jamais au même endroit ne s'appliquait probablement pas aux embuscades meurtrières. Et puis, j'avais encore plein de questions à poser à Schwarzy. Mais il était désormais trop tard pour remonter le voir. Tant pis.

Je sortis de l'immeuble, une sorte de haut bâtiment assez laid dans le quartier de la Place d'Italie. Je n'étais pas loin de mon appartement.

*
*   *

Une fois de retour dans les quartiers neufs et cossus de Bercy, je commençais à hésiter de nouveau : les passants étant peu nombreux et j'étais davantage visible. Malgré le discours plein de conviction que j'avais tenu à Schwarzy, mon inquiétude grandissait à mesure que je me rapprochais du danger potentiel.

Je dus me résigner à imiter les espions. Je m'installai à un abribus en face de mon immeuble, afin de pouvoir observer le moindre indice suspect alentour. Après quarante minutes à avoir fait semblant d'attendre un bus tout en en laissant passer deux, je ne décelai aucun type en planque.

Mes expériences récentes n'avaient pas fait de moi un spécialiste. Aussi, j'optai pour déambuler encore un peu sur les trottoirs pour me débarrasser de mes craintes. Je passai devant l'entrée de la ruelle dans laquelle avait eu lieu le combat de la veille et y jetai un coup d'œil discret. Il n'y avait bien sûr plus aucune trace de l'altercation. Cela ne me rassura pas et je repensai aux affirmations de Miss Monde.

Mon indécision commençait à me gonfler, alors je décidai d'y couper court et de monter chez moi, inquiet malgré tout et sursautant au moindre claquement de porte. Arrivé à mon étage, je croisai un petit vieux dans le couloir. Sans doute un voisin, car il eut l'air de me reconnaître – ce qui ne fut pas mon cas – et entama la conversation.

— Ah, vous êtes là ? me cria-t-il dessus, probablement en raison des sonotones qui lui décoraient les oreilles.

Devant tant de pertinence et d'à-propos, je me contentai d'un :

— Bah, oui.

— Vous êtes parti ce week-end ?

De quoi, il se mêlait, le vioc ! Il voulait sortir en boîte avec moi ou quoi ? Je marmonnai un vague « hum » et commençai à me tourner pour poursuivre mon chemin, quand la phrase suivante me cloua sur place.

— Vous avez été très demandé ce matin.

Je me figeai et pris le temps de regarder mon interlocuteur, ainsi que les deux côtés du couloir. Ni l'un ni les autres ne m'apprirent rien : j'étais dans un couloir d'immeuble à discuter avec un petit vieux. Chronique d'espion ordinaire…

— Ah oui ? Qui ça ?

— Oh, ça. Ils ne se sont pas présentés. Aucun des trois.

— Trois ?

— Mais, ils étaient polis et aimables. Et, ajouta-t-il en levant un index expert, rudement bien habillés. Bien mieux que ceux qui sont venus après.

Je déglutis.

— Après ?

J'avais l'impression d'être un psychiatre, à répéter systématiquement les derniers mots de mon interlocuteur sous la forme interrogative.

— Oui, vers dix heures. Avec leurs blousons de cuir et leurs jeans, ils avaient des allures négligées. Un peu comme vous, fit-il en désignant mon torse nu sous ma veste. Bonne fin de week-end !

Il s'en alla, traînant des pieds, vers son appartement ou celui d'une mamie coquine. Je me précipitai vers ma porte, que je refermai derrière moi à double tour. Dans la foulée, j'entrepris un tour du loft pour vérifier l'absence d'autre occupant. Et sans trop savoir ce que j'aurais fait dans le cas contraire. Dès mon inspection achevée, je me dépêchai de changer de vêtements et d'entasser des affaires dans des valises que j'avais trouvées dans une penderie.

Finalement, même si je n'étais pas prêt à lui confier ma vie, il me fallut reconnaître que Schwarzy avait raison. Mieux valait rapidement mettre de l'espace entre cet appartement et moi. Au moins momentanément.

J'en étais à ma troisième valise quand j'entendis un bruit de portières dans le silence dominical de la rue. Je jetai un coup d'œil par la fenêtre et vit autour de deux voitures un groupe de six bonhommes en jeans et blousons de cuir. Sans doute mon deuxième groupe de potes, si j'en croyais mon voisin. Ils se concertèrent. L'un d'entre eux, râblé, buriné, semblait donner des consignes avec autorité. Sur un de ses gestes, ils se hâtèrent tous vers l'entrée de mon immeuble, à l'exception d'un qui resta près des voitures.

Plus le temps de préparer un voyage aux Canaries. J'agrippai la première valise venue, abandonnai les deux autres et me précipitai sur le palier. L'ascenseur était déjà en train de descendre, appelé par mes nouveaux amis. Je m'engouffrai dans la cage d'escalier. J'en avais déjà parcouru les trois quarts quand je tombai sur un des gars en blouson de cuir qui montait en soufflant. Le teint rougeaud, des poches sous les yeux, la respiration difficile. Pas vraiment l'image de James Bond.

Il eut à peine le temps de lever les yeux que d'un ample mouvement je lui envoyai de toute ma force ma valise dans le visage. Il fut projeté contre le mur avant de s'affaler sur les marches. Sur ma lancée, je ralentis à peine en l'enjambant, récupérant mon bagage d'une main. Je parvins sans autre encombre au rez-de-chaussée et m'arrêtai un instant pour reprendre mon souffle et observer les lieux par la vitre de la porte de service.

Personne en vue. J'entrouvris, passai le cou et ne voyant toujours rien de louche, traversai le vestibule vers la sortie. Je poussais la porte extérieure quand j'aperçus le type qui était demeuré à surveiller les voitures. Déjà, il jetait la cigarette qu'il avait au bec et enfournait sa main dans sa veste.

Avant qu'il ait pu en sortir quoi que ce soit, Schwarzy se matérialisa comme par magie à ses côtés, lui attrapa la tête et la propulsa contre le montant de la voiture garée devant lui, dans une éclaboussure de sang. Il laissa le corps inerte s'affaler sur le trottoir, tandis qu'un passant promenant un horrible basset poussait un cri d'horreur et se collait contre un mur, terrifié. Schwarzy ne lui prêta pas même un regard. Il me fit un signe, ouvrit la portière et s'installa au volant.

Je sautai sur la chaussée, manquant renverser un étudiant à vélo qui roulait en contre-sens. Le cycliste fit un écart pour m'éviter, buta contre le rebord du trottoir et s'y étala en un joli vol plané. Pendant ce temps, Schwarzy avait déjà démarré le moteur de la voiture. Je n'eus que le temps de me jeter sur la banquette arrière, qu'il partit en trombe. Serrant ma valise, comme un naufragé l'aurait fait avec une planche de bois flotté au milieu de l'Atlantique, je me retournai vers mon immeuble. Quand nous tournâmes à l'angle de la rue, personne n'en était encore sorti.

Mon soulagement fut de courte durée. Voulant esquiver un camion poubelle, Schwarzy donna un nouveau coup de volant qui propulsa ma tête contre la portière et la voiture dans une rue à sens unique. Bien entendu, nous étions à contre-sens. Pourquoi choisir la facilité ? Je tentai désespérément de tirer sur la ceinture de sécurité pendant que Schwarzy remontait la rue à une vitesse de rallye. Luttant toujours vainement pour arracher la ceinture à son blocage automatique, je songeai avec effroi à ce qui arriverait si un collègue du camion poubelle de la rue précédente surgissait au carrefour suivant. J'avais beau guérir plus vite que les autres, là seul un champion de puzzle aurait pu me reconstituer. Par je ne sais quel miracle – quand il s'agit de sa propre vie, on peut bien parler de miracle, non ? – nous parvînmes sans encombre au coin de la rue et bifurquâmes à droite pour emprunter une voie cette fois-ci dans le bon sens.

Schwarzy fit encore plusieurs crochets dans les rues. Je me dis que son service laissait à désirer : mêmes les compagnies aériennes à bas prix proposent des sacs pour vomir. J'envisageai sérieusement d'ouvrir la vitre pour tout balancer dehors quand la voiture rejoignit finalement une grande artère et que l'allure imprimée par le conducteur s'adoucit, sans toutefois pouvoir prétendre à une récompense de la prévention routière.

Il alluma l'autoradio et une chanson emplit l'habitacle :
Je t'ai cherchée dans les rues,

Dans les cafés.
Même tes amis n'ont pas su
Me renseigner.
Des voisins t'ont vu partir
Avec deux hommes,
Qui t'ont poussée sans rien dire,
Dans une Ford Falcon.

Tiens, encore une histoire de Ford Falcon. Alors que je venais d'échapper à une tentative d'enlèvement, les paroles que j'entendais n'allaient certainement pas contribuer à m'apaiser.

Disparue, tu as disparu.
Disparue, au coin de ta rue.
Je t'ai jamais revue.

« Disparue ». Au moins, j'avais une explication au charabia ésotérique de Miss Monde.

Cinq minutes plus tard, nous atteignîmes la place de la Bastille et Schwarzy s'inséra dans la circulation comme un conducteur normal, c'est-à-dire persuadé que le code de la route est optionnel et que lui-même est prioritaire quelles que soient les circonstances.

J'entrouvris la vitre et fermai les yeux, histoire de me remettre un peu d'aplomb et de stabiliser mon cerveau malmené. Naturellement, Schwarzy, toujours aussi empathique, ne s'aperçut pas de mon besoin de tranquillité :

— Waouh ! Tu as vu ce qu'on leur a mis ! Par le marteau gelé de Thor, ils n'ont même pas compris ce qui leur tombait dessus.

— Hum.

J'avais diverses petites choses à lui dire, mais pour le moment, je n'étais pas en état. Ce qui ne le troubla aucunement.

— J'aimerais voir leur tronche quand ils vont devoir s'expliquer devant leur patron, continua-t-il en empruntant un pont qui enjambait la Seine.

— Comment tu savais qu'ils allaient revenir ?

— Par la flûte du Grand Pan, t'es bouché ou quoi ? Je t'avais dit qu'il ne fallait pas revenir chez toi. Qu'ils avaient voulu t'avoir une fois et qu'ils allaient recommencer.

Je restai un moment à voir défiler les monuments situés sur les quais de la Seine. À vrai dire, il avait raison : je n'étais pas au mieux de ma forme et le fil de mes pensées s'en ressentait. Pour autant, je décidai de maintenir le cap de mes réflexions et profitai que Schwarzy s'engageait dans une petite rue perpendiculaire sur la gauche pour réclamer une nouvelle fois des explications.

— Mais comment pouvais-tu savoir…

Schwarzy pila brusquement devant une place de stationnement libre, coupant net la progression de la voiture et la suite de ma phrase.

— On va laisser la voiture ici, fit-il en poussant grâce à des marches arrière et des marches avant les deux voitures qui l'encadraient pour se faire davantage de place.

Je me retrouvai sur le trottoir avec mon encombrante valise et par réflexe me dirigeai vers un horodateur. Schwarzy me rattrapa alors que je m'apprêtais à glisser une pièce dans la fente.

— Par les foudres de Zeus, qu'est-ce que tu fous ?

— Ben, je mets des pièces.

— Pour quoi faire ?

— Pour payer le stationnement de la voiture.

— On n'en a rien à carrer de la bagnole. Elle est pas à nous ! glissa-t-il dans un murmure pour éviter que les passants l'entendent.

— Mais si elle se fait verbaliser, ils retrouveront rapidement l'endroit où on l'a laissée.

— Et alors ? Une heure de plus ou de moins ne changera strictement rien. Allez, viens ! m'ordonna-t-il en me saisissant par le bras.

Il m'entraîna vers le boulevard et une bouche de métro. Au moment de descendre l'escalier, je le vis mettre des lunettes noires et m'en tendre une deuxième paire.

— Tiens, mets ça.

Ce fut à mon tour de le regarder comme s'il avait perdu plusieurs niveaux de quotient intellectuel.

— Des lunettes de soleil pour aller dans le métro ? Ça sera tellement pas discret qu'on se fera coincer à coup sûr.

— T'y connais pas grand-chose. Mets-les sur ton nez et je te garantis qu'on sera bien plus discrets que sans. Et ne les enlève que quand on sera arrivés chez moi, ajouta-t-il en descendant les marches.

Peu après, nous étions assis sur les strapontins situés au bout d'un wagon qui nous bringuebalait en direction de la porte de Clignancourt. Nous avions déjà dépassé Châtelet.

— Nous n'aurions pas dû descendre depuis longtemps pour essayer de nous diriger vers la place d'Italie ?

— Tout faux ! s'exclama allégrement mon camarade fugitif.

— C'est pas là-bas que tu habites ?

— Si. Mais, il faut brouiller les pistes. Nous allons donc devoir faire quelques détours avant de revenir chez moi.

L'air chaud, lourd et saturé d'effluves désagréables me montait à la tête, empirant ma mauvaise humeur.

— Tu as l'air de bien connaître les méthodes de filature et de contre-filature, dis-moi.

— Oh, je regarde beaucoup de films d'espions. Tu y apprends plein de trucs, tu sais. Dans les films policiers, aussi.

— Comme Tom & Jerry, par exemple ?

Schwarzy ne perçut absolument pas l'ironie de ma remarque.

— Ben, non. Tom & Jerry, c'est un dessin animé.

Manifestement, la méthode indirecte et subtile était vouée à l'échec.

— Comment tu sais qui sont ces gens ?

— Je le sais pas, se défendit-il. J'imagine qu'ils travaillent pour un genre d'agence secrète. T'as entendu ta copine tout à l'heure.

— C'est pas ma copine, bordel !

— T'as tort, riposta mon interlocuteur sans se démonter. Elle est vachement bien gaulée.

Ma patience fondait à l'image de celle d'un professeur fraîchement diplômé arrivant dans une ZEP.

— On s'en fout ! Ce qui m'intéresse, c'est ce que tu sais et que tu me caches depuis le début.

Je n'avais pas fini ma phrase que l'énergumène se levait d'un bond et actionnait le levier d'ouverture.

— On va descendre ici.

Réaumur-Sébastopol. J'eus à peine le temps d'attraper ma valise et de sauter sur le quai avant que le flux des entrants ne me bloque à l'intérieur.

Nous nous insérâmes dans la multitude qui quittait le quai pour se répartir entre les correspondances et les sorties. Il avait beau m'exaspérer, j'étais malgré tout impressionné par la présence d'esprit de mon mentor en aventures d'espionnage. Il connaissait visiblement bien son sujet. Néanmoins, ceci me confortait aussi dans mes soupçons. Ces derniers s'accumulaient, s'empilaient et à l'instar d'une cocotte-minute dont la valve serait bloquée, n'attendaient qu'un prétexte pour exploser. Cela se produisit dès la sortie de la bouche de métro.

— Dépêche-toi : on va se trouver une autre station et prendre une ligne différente.

— Non. Je ne vais nulle part.

Schwarzy, qui s'était déjà éloigné le long du trottoir, revint en hâte.

— Qu'est-ce qu'il y a ? C'est ta valise qui est trop lourde pour toi ? s'inquiéta-t-il. Je comprends avec ta condition physique. Je peux m'en charger sans problème.

Sa sollicitude et sa supériorité métabolique finirent de m'exaspérer. Mais, comme objectivement le diamètre de ses biceps faisait bien le triple des miens, j'évitai de lui en coller une. Pour compenser au niveau fierté, je me mis à crier :

— Je ne bougerai pas d'ici tant que je n'aurai pas de réponse à mes questions. Qui sont ces mecs ? Qu'est-ce qu'ils veulent ? Pourquoi tu les connais si bien ? Qu'est-ce que t'as à voir dans cette affaire ?

— Chut ! Par les logorrhées de Calliope, arrête : tu vas nous faire repérer, souffla Schwarzy en lançant des coups d'œil aux passants qui se hâtaient de rentrer chez eux pour leur dernière soirée du week-end.

— Tu vas répondre, oui !

Sous le coup de l'énervement, j'enlevai mes lunettes noires pour mieux l'invectiver. Cela réussit à le paniquer encore plus. J'avoue que ce n'était pas pour me déplaire.

— Remets ça ! T'es fou ! Par les…

— J'en ai marre de tes jurons débiles. Et j'en ai marre de suivre le mouvement sans savoir ce qu'il se passe.

— O.K., O.K. Voilà, ce que je te propose. On rentre discrètement chez moi et ensuite je te dirai tout ce que tu souhaites.

Sans même me laisser le temps de répliquer, il héla un taxi et – chose étrange – il en obtint un. Lassé, dépité aussi, je montai après avoir mis ma valise dans le coffre et m'effondrai sur la banquette. La délivrance ne vint cependant pas tout de suite.

Contrairement à ses engagements, il nous fallut encore une heure pour rentrer. Le taxi nous déposa dans le XVIIe arrondissement, puis nous montâmes dans trois nouvelles lignes de métro et une de bus pour parvenir à la place d'Italie. Les efforts pour semer d'éventuels traqueurs m'avaient épuisé. Aussi, ce fut presque reconnaissant que je suivis Schwarzy dans son immeuble. Il faisait déjà nuit.

Ce fut lorsque je montai dans l'ascenseur avec lui que je commençai à prendre conscience du nouveau guêpier dans lequel je me fourrais sans m'en être rendu compte. Je ne connaissais rien de ce type particulièrement bizarre et costaud, qui avait froidement assassiné des personnes sous mes yeux, en avait agressé d'autres et paraissait rompu aux techniques d'agent secret. Et qui m'avait maintenant convaincu de le suivre sans explication.

De la manière la plus insouciante que je pouvais afficher, je m'éloignai légèrement de Schwarzy, qui faisait mine de regarder les chiffres des étages. Je raffermis ma prise sur la valise, la seule arme défensive en ma possession. L'ayant employé précédemment avec un certain succès, cela me rassura. Mais uniquement le temps de prendre conscience que l'exiguïté de la cabine rendait improbable son utilisation efficace.

L'ascenseur se mouvait lentement. Enfermé dans cette étroite cabine à côté d'un gars louche au physique de robot cyborg du futur, je me mis à épier le moindre mouvement de Schwarzy et à serrer la poignée de ma valise jusqu'à m'en faire péter les jointures, tout en sachant cela inutile.

En fait, tous ces atermoiements reflétaient assez bien mes états d'âme à l'égard du mastodonte qui m'accompagnait. J'étais partagé entre deux sentiments contradictoires. D'un côté, un besoin irrépressible de protection, car Schwarzy représentait pour le moment mon seul défenseur et la seule personne qui avait l'air de comprendre un peu ce qui m'arrivait. De l'autre, une inquiétude viscérale quand je me trouvais à proximité de cette montagne énigmatique et imprévisible de muscles meurtriers. C'était un peu comme se trouver à côté d'un pitbull quand rôdent des loups alentour.

Comme rien ne se produisait, mon sentiment de paranoïa commença lentement à refluer. Nous arrivâmes à l'étage de Schwarzy et ce dernier descendit de la cabine. Je sortis en même temps que lui, tout en continuant à le surveiller du coin de l'œil. Derrière moi, l'ascenseur se referma. Schwarzy remonta le couloir et, plutôt que rester seul, je le suivis. Il ouvrit la porte de son appartement, pénétra à l'intérieur et alluma tout. Je le perdis ensuite de vue quand il se dirigea vers le coin cuisine.

J'étais toujours sur le pas de la porte, hésitant. Je l'entendis qui fouillait dans le réfrigérateur.

— Tu veux une bière ?

La minuterie du palier s'éteignit et plongea le couloir dans le noir. J'étais toujours sur le seuil. Seul. Du moins, je le croyais. Je regardai par-dessus mon épaule les ténèbres de l'étage, guère accueillantes. Je plissai les yeux, mais je ne parvins pas à les traverser. Elles m'avaient l'air vivantes, proches.

Je décidai de passer la porte pour me réfugier dans la lumière.

CHAPITRE 3

UN CŒUR QUI SAIGNE

Nous étions assis sur les mêmes canapés que ce matin. Retour à la case départ. Je n'avais pas l'impression d'avoir beaucoup progressé : autant qu'un escargot courageusement lancé dans la traversée d'un tarmac.

Autour de moi, Schwarzy s'affairait sans rien faire. Ce qui n'est jamais simple à réaliser. Il allait ; il venait. Prenait des objets ; les reposait ailleurs. Et surtout, il parlait. Un babille incessant qui m'anesthésiait aussi sûrement qu'un concert de musique de chambre après un banquet gastronomique.

Malgré mes efforts pour tenter de le surveiller du coin de l'œil, mes paupières s'alourdissaient inexorablement. Mon cerveau aiguilla son bavardage vers des zones de plus en plus profondes et de moins en moins actives. Je finis par m'assoupir. Et je rêvai.

D'abord, je ne perçus que de la lumière blanche, diffuse, omniprésente, opaque comme un brouillard éclairé de l'intérieur, cotonneuse comme de la ouate. Puis, j'observai des ombres longilignes, menaçantes, qui se déplaçaient à la limite de mon champ de vision. Je ne parvenais pas à bouger, sans pour autant détecter la moindre entrave sur ma peau, la moindre pression sur mon corps. Agacé par leur valse continue, je finis par interpeller ces spectres diffus : « Qu'est-ce que vous me voulez ! Laissez-moi tranquille ! » Ce qui ne sembla avoir aucun effet, jusqu'à ce qu'une main sombre jaillisse vers mon visage.

Je me réveillai en sursaut. Et aussitôt réveillé, je sursautai à nouveau : Schwarzy se tenait juste en face de moi, me scrutant attentivement. J'eus un mouvement de recul.

— Qu'est-ce que tu fous ?

— T'avais l'air agité dans ton sommeil, se contenta-t-il de me répondre, d'une voix étrangement posée et inquisitrice qui ne lui ressemblait pas.

— Je faisais un cauchemar.

— Quoi comme cauchemar ?

Mal à l'aise, je me levai et passai de l'autre côté du canapé, histoire de mettre un peu de distance entre lui et moi.

— En quoi ça t'intéresse ? Ça fait longtemps que tu me regardes ?

— Un petit moment.

Il n'avait répondu qu'à ma deuxième question et le ton de sa voix s'était imperceptiblement modifié pour redevenir celle du Schwarzy insouciant :

— C'est normal : il faut que je dorlote mon invité ! lâcha-t-il en se redressant.

Il se dirigea vers le coin cuisine.

— Qu'est-ce que tu veux grignoter ?

— J'ai pas faim, fis-je de la voix bourrue d'un paysan du Massif Central.

— Faut que tu manges, fit Schwarzy, péremptoire.

— Pourquoi ?

— Faut que tu reprennes des forces.

Je répétai :

— Pourquoi ?

— Nous allons récupérer ta copine.

Je mis un moment à saisir de qui il voulait parler.

— Miss Monde ? C'est pas ma copine ! Et puis d'abord, pourquoi tu veux la récupérer ?

— Ils risquent de remonter jusqu'à nous grâce à elle.

— Et donc, tu veux l'éliminer, c'est ça ?

Je regrettai aussitôt d'avoir exprimé mes soupçons à voix haute, mais c'était sorti spontanément. L'autre ouvrit de grands yeux scandalisés. On lui aurait donné le Bon Dieu sans confession… s'il n'avait pas pesé 120 kilos de muscles hypertrophiés.

— Mais non ! Au contraire ! C'est pour la protéger !

— Prends-moi pour un abruti ! Tu l'as dit : c'est la seule personne qui peut nous relier à tout ça. Quoi de plus pratique que d'éliminer un témoin gênant.

Je m'étais mis à gueuler, à la limite de l'hystérie.

— Tu délires ! Par les tétons durcis d'Aphrodite, pourquoi je ferais ça ?

— Le problème est justement là : je ne sais pas pourquoi tu fais les choses. Pourquoi tu te trouves toujours là au bon moment ? Que nous veulent ces mecs ? Pourquoi tu agis comme l'un d'entre eux, avec les mêmes techniques ? Pourquoi nous cicatrisons comme ça ? Pourquoi je ne me souviens de rien ?

Et aussi, pourquoi existons-nous ? Y a-t-il un dieu ? Au point où j'en étais, toutes les réponses auraient été les bienvenues. Peine perdue.

— Écoute : la priorité, c'est d'exfiltrer ta copine…

Marre de « copine », de mots d'agent secret comme « exfiltrer ». Marre de tout. D'un pas décidé, je me dirigeai vers la porte d'entrée pour me barrer. J'en oubliai ma valise. J'en oubliai également toute mesure de prudence. Un bruit derrière moi me le rappela, avant que j'aie eu le temps de faire volte-face.

Nouveau choc. Nouveau trou noir.

*
*   *

J'émergeai difficilement. Outre la douleur à la base du crâne, je me sentais mal installé et comme ligoté. Quand ma conscience s'éveilla davantage, je compris mieux la situation : j'étais assis sur le siège passager d'une voiture. Le siège du mort, plus précisément.

Je m'intéressai alors à mon environnement direct, m'attendant presque à me retrouver attaché dans un véhicule au milieu du désert de Las Vegas, dans un endroit, où des gars dans des laboratoires de la police scientifique essaieraient de déterminer mon identité, les circonstances de ma mort, voire mon assassin.

Schwarzy était précisément à côté de moi. À la place du conducteur. Pour l'heure, il mangeait des bonbons Haribo. Il mâchait les crocodiles multicolores comme s'il redoutait une hypoglycémie de quatre jours. Il ne m'avait pas ligoté : c'était ma ceinture de sécurité, qu'il avait pris la peine d'accrocher.

— Ha, t'es réveillé ! réagit-il d'une voix enjouée.

— Non, blaireau, je dors encore, lui rétorquai-je du tac-au-tac.

— Ho, tu es trop, toi ! s'exclama-t-il en rigolant.

— Il faut dire que le plus étonnant est peut-être encore que je me réveille. Parce qu'avec ton habitude de jouer au pun-ching-ball avec ma tête…

— Hé, tu l'as encore cherché, se défendit-il en continuant à se marrer.

Il paraît que la bonne humeur est contagieuse. Les événements du week-end avaient dû me vacciner, alors.

— Et c'était avec quoi, cette fois-ci ? Un marteau ? Une batte de base-ball ? Une enclume ?

— J'ai pris la première chose que j'ai trouvée, avoua-t-il penaud. Une chaise.

— Encore une chance que tu ne collectionnes pas les chandeliers en bronze.

— T'es vraiment trop drôle !

— Non, ce qui est vraiment tordant, c'est que j'émerge dans cette voiture au lieu de le faire dans l'unité de soins intensifs de l'hôpital le plus proche.

L'autre continua à me sourire comme si j'étais en train de lui débiter des blagues. Je renonçai. Je n'avais même plus la force d'être exaspéré.

— Qu'est-ce qu'on fait là ?

Je regardai autour de moi : nous nous trouvions dans une rue quelconque d'un quelconque quartier périphérique de la capitale. Genre Porte de Bagnolet. Garés le long du trottoir, près d'un grand immeuble impersonnel des années 70. Ma montre marquait 18h14, comme si cela avait eu de l'importance.

— Je te l'ai dit : il faut aller à la rescousse de ta copine.

— Hum, fis-je en me calant dans mon siège, sans prendre la peine d'argumenter davantage.

— Elle habite dans cet immeuble.

Ma curiosité fut la plus forte :

— Comment tu le sais ?

— J'ai fait des recherches, éluda-t-il.

Je me calai de nouveau contre mon dossier sans en croire un mot.

— On y va, dit-il en faisant mine d'ouvrir sa portière.

— JE ne vais nulle part.

Il interrompit son geste.

— Hein ?

— Je te l'ai déjà dit tout à l'heure : je ne compte pas t'aider à enlever cette fille.

— Mais il ne s'agit pas de l'enlever. C'est pour la protéger !

— Je n'en crois rien.

— C'est fou ! Qu'est-ce qu'il faut que je fasse pour te convaincre ?

— Il n'y a rien que tu puisses faire : je n'en croirai rien de toute façon.

Je parlais d'un ton calme et posé, qui avait le don de l'énerver encore plus. C'était jubilatoire. Il fallait que je fasse ça plus souvent.

— Par le totem pourri du Grand Manitou ! Je te dis que je ne veux pas lui faire de mal !

— Taratata.

— Elle sera en danger sinon !

— En ce qui me concerne, vu mes démêlés avec cette nana, elle pourrait aussi bien clamser demain.

— Dans ce cas, qu'est-ce qui te dérange dans le fait que je l'enlève ?!

— D'y être associé, vois-tu. Tu lui fais ce que tu veux, mais je ne veux rien avoir à faire avec ça. C'est déjà suffisant d'avoir été témoin de plusieurs meurtres.

La pupille de Schwarzy devint d'un noir d'encre. Il était carrément furibard. C'était jouissif

— Je peux t'obliger à m'accompagner, menaça-t-il soudain.

— Bien sûr, acquiesçai-je. Tu peux m'assommer à nouveau comme tu sais si bien le faire. Nul doute que transbahuter un paquet de viande inerte derrière toi te sera d'une grande utilité quand il faudra te battre ou faire preuve de discrétion.

Vaincu, Schwarzy ouvrit la portière en grognant et sortit de la voiture, une Renault Clio grise, parfaitement anonyme. Je notai au passage qu'il avait pris soin d'éteindre l'allumage automatique du plafonnier. Il s'éloigna en direction de l'immeuble. Je constatai à sa démarche qu'il était furieux et devait être en train d'insulter plusieurs générations de mes aïeux. Comme mes souvenirs personnels n'étaient toujours pas revenus, cela ne m'affectait pas vraiment. Après avoir fureté autour des digicodes, il finit par disparaître par un portail.

Je ne songeai même pas à m'enfuir. Pour aller où de toute manière ? Et puis, mon imagination fut la plus forte : je ne pus m'empêcher de me demander comment Schwarzy allait s'y prendre pour la convaincre de revenir. Et vu le caractère de la harpie, il risquait d'y perdre une quelconque partie de son anatomie au passage. Il allait devoir employer les grands moyens. Je les imaginais non pas bras dessus, bras dessous, mais plutôt elle tout entière, gesticulante et coincée sous un bras à lui.

J'en étais à ces réflexions quand deux 4x4 noirs énormes déboulèrent dans la rue, pilèrent devant l'immeuble et déversèrent huit malabars ressemblant traits pour traits à ceux de la ruelle de la nuit dernière : costards de marque, brushings impeccables, petit renflement sous l'aisselle gauche qui signalait un étui et son flingue associé.

Ils se rassemblèrent rapidement et se dirigèrent d'un pas pressé vers le même portail que Schwarzy quelques minutes auparavant.

Malgré leurs défauts, Miss Monde et lui m'étaient nettement moins antipathiques que ces huit clones endimanchés. Que faire ? Mes méninges se mirent à fonctionner à la vitesse des réactions en chaîne de Tchernobyl. Tout ça pour aboutir à la seule solution qui me vint à l'esprit : tendre le bras et appuyer comme un taré sur le klaxon, histoire que le boucan avertisse mes deux compères dans les étages.

L'équipe des clones s'immobilisa aussi sec, toutes les têtes se tournant vers moi dans un bel ensemble chorégraphique. Je me rendis compte immédiatement des sales draps dans lesquels je venais de me mettre. Je sortis hâtivement de la Clio et m'enfuis vers l'extrémité de la rue.

J'entendis un « C'est lui ! », ainsi que les pas synchronisés du troupeau de brushings s'élançant immédiatement à mes trousses. Je n'avais pas fait dix mètres qu'un de leurs comparses émergea d'entre deux voitures et se planta au milieu du trottoir avec la ferme intention de m'arrêter. Le calibre qu'il tenait dans la main droite lui donnait des raisons légitimes de le croire.

— Halte !

Comme la veille dans la ruelle, mon corps parut savoir instinctivement ce qu'il fallait faire et stopper ne lui parut pas une option intéressante. J'arrivai à toute vitesse sur mon adversaire, qui s'attendait à plus d'obéissance, et lui envoyai mon coude gauche dans le nez qui explosa littéralement, tandis que son propriétaire bascula sous le choc. J'avais à peine ralenti ma course.

Je me demandai tout de même d'où il sortait, celui-là.

J'eus la réponse quelques pas plus loin : un troisième 4x4 bloquait le bout de la rue où deux autres malabars gominés m'attendaient, avec les mêmes motivations – semblait-il – que leur collègue étendu derrière moi sur le trottoir. Avec, malgré tout, plusieurs différences essentielles : ils étaient deux, à une plus grande distance et ayant déjà été témoins de ma tactique.

J'hésitai, avant d'accélérer à nouveau. Les armes qu'ils empoignaient se pointèrent vers moi et deux « plop » se firent entendre, pendant qu'une voix s'élevait du groupe de mes poursuivants :

— Attention ! Ne touchez pas le cœur !

Un premier impact m'arracha le flanc et me fit pivoter de quarante-cinq degrés. Un deuxième m'atteignit à la poitrine et me projeta au sol.

— Pas le cœur, j'avais dit, bordel de…

Je n'entendis pas la suite : les ténèbres m'aspirèrent. J'eus l'impression de flotter. Mais dans le même temps, je perçus d'innombrables bruits et conversations, semblables au bourdonnement continu d'une ruche. De multiples jeux de lumière parurent danser à la bordure de mon champ de vision.

Puis, tout à coup, une sensation de chute vertigineuse et qui s'accéléra jusqu'à un choc et une vague de douleur.

— Madeleine, ça va !?

Une voix féminine, inquiète, proche de l'hystérie. Et une autre plus grave, mais dans le même registre psychologique :

— Elle a surgi d'un coup ! Je n'ai rien pu faire !

CHAPITRE 4

LE MONDE DANGEREUX

DES ADULTES

Tout mon corps me faisait mal et la souffrance me contraignit à ouvrir les yeux. Je découvris plusieurs têtes penchées sur moi. L'une appartenait à une jeune femme d'une vingtaine d'années et une grande frayeur se lisait dans ses yeux.

— Ça va ? Dis quelque chose.

C'était la voix féminine que j'avais entendue pendant que je flottais encore dans les ténèbres. De longs cheveux noirs encadraient un visage doux, ovale et légèrement bistre.

— Où est-ce que je suis ?

— Ouf, rien de grave. Vous voyez ? fit la tête d'un homme chauve d'une cinquantaine d'années.

— Elle ne se souvient pas d'où elle est. Je suis sûre qu'elle a un traumatisme crânien. Et c'est votre faute ! lança une troisième tête.

Elle correspondait à une femme de vingt ans plus âgée que la première. Le teint pâle, les cheveux blonds, elle différait en tout de la première, non seulement dans son physique, mais également dans son attitude : là où celle qui se trouvait près de moi paraissait maternelle et réconfortante, l'autre semblait rigide, distante et froide. Le genre à vous congeler la langue quand elle vous roulait une pelle.

— Elle a déboulé d'un coup ! Et je vous signale que vous êtes responsable de vos mômes. C'est dans la loi, ça.

Pendant qu'ils se disputaient, j'essayais de me relever. La petite brune me força à rester allongé.

— Tu ne devrais pas te relever tout de suite.

— Ça va, fis-je en écartant sa main.

— Ha, vous voyez ? en profita le chauve. Elle a dit qu'elle allait bien.

Je me mis debout, précautionneusement car la tête me tournait légèrement. Ce n'était pas la seule chose qui me turlupinaient. La première était l'impression tenace d'être toujours étendu avec les visages au-dessus de moi. De fait, j'étais obligé de me tordre le cou pour voir mes interlocuteurs. J'étais tombé sur une équipe de basketteuses, peut-être.

Je regardai autour de moi et à part les enfants d'une sortie scolaire sur le trottoir d'en-face, tout le monde me paraissait immense.

— Tu te sens comment ?

Sur le coup, je ne savais pas trop quoi répondre. Mon hésitation fut aussitôt interprétée :

— Elle a l'air sonnée.

La deuxième chose qui me chiffonnait était qu'on parlait sans arrêt de « elle », en me fixant. Je n'eus malheureusement pas le temps d'approfondir le sujet, car la femme brune m'agrippa et me traîna vers le trottoir où attendait le groupe d'enfants, tandis que la blonde lançait encore un commentaire acide au chauve avant de nous suivre. Ce dernier se contenta de hausser les épaules et de remonter dans sa voiture pour poursuivre son chemin.

— Allez ! déclara la femme à toute la classe amassée là. Madeleine va bien ; nous pouvons continuer. Mais que cela vous serve de leçon à tous : il faut faire attention en traversant la rue. On n'a pas toujours autant de chance.

Le troupeau de gamins se mit en branle. Une fillette se porta à ma hauteur et me prit timidement la main :

— J'ai eu très peur. Je suis contente que tu n'aies rien.

Je la regardai : une gamine d'une dizaine d'années, de longs cheveux bruns et des yeux noisette inquiets. Ces yeux se trouvaient très exactement au niveau des miens. Ce qui contribua à me préoccuper encore davantage. Je me figeai, ce qui entraîna un carambolage avec le môme qui me suivait.

— Hé ! Fais gaffe !

Je me rapprochai du reflet que je venais d'apercevoir dans la vitrine d'un magasin : une tête ronde, deux couettes blondes, un nez en trompette et deux yeux bleus, extrêmement écarquillés à cet instant précis. Autant que ceux d'un enfant surprenant ses parents en train de glisser une pièce à la place de la petite souris.

D'ailleurs, j'entendis un « qu'est-ce qu'ils ont tes yeux ? », auquel je ne daignai pas répondre.

Derrière moi, le flux d'écoliers continua de s'écouler, à l'exception de la petite fille, qui me tenait toujours la main et m'observait avec un regard empli d'inquiétude. Personnellement, je ne parvenais pas à détacher mes yeux du reflet. La jeune prof finit par venir me trouver.

— Ça va aller. Tu n'as pas à t'en faire.

Doucement, elle pressa ses mains sur mes épaules, pour me faire pivoter et reprendre ma marche. J'obtempérai mécaniquement, presque sans m'en rendre compte. La fillette me reprit la main. Sans rien dire, cette fois-ci.

*

* *

Cela faisait une heure que je contemplais les lattes du lit superposé au-dessus du mien. Autour de moi, les respirations des autres fillettes — c'était bizarre de dire ça — s'étaient ralenties et ne traduisaient plus qu'un sommeil profond. À quoi rêvais-je à leur – mon – âge ?

Je revins à mes pensées premières : qu'est-ce que je foutais là ? Depuis le retour de la classe dans cette espèce d'auberge de jeunesse parisienne, je ressassais l'image que j'avais entraperçue dans la vitrine : une gamine de dix ans environ avec un regard quatre fois plus vieux. Un corps à jouer sur les aires de jeux et des yeux à avoir visionné plusieurs fois L'Empire des sens, L'Exorciste et Massacre à la tronçonneuse.

Comment ça se faisait ? Comment j'avais pu passer d'un corps à l'autre, d'une vie à l'autre, de Charles à Madeleine, de l'avocat friqué à la gamine à couettes ? J'avais bien une petite idée, mais elle ne faisait qu'ajouter de la confusion : visiblement je passais d'un corps mourant à un autre. Une sorte de transmigration parisienne des âmes, en version gore. Cela ressemblait au délire psychotique d'un bouddhiste sous LSD.

Ne restait plus qu'à savoir de quelle manière, pour quelle raison et si mon premier réveil deux jours avant dans une ruelle était aussi du même type. Et si c'était le cas pourquoi cette fois-ci, je conservais mes souvenirs, alors que j'aurais précisément préféré tout oublier. Bref – pensai-je avec ironie –, des questions finalement secondaires.

68

L'histoire commençait à trop s'embrouiller pour mon esprit trop sollicité depuis trop d'heures. Et ce n'étaient pas les lattes au-dessus de moi qui allaient m'apporter des réponses. En fait je ne voyais qu'un seul moyen d'en obtenir, même si cela ne m'enchantait guère : retrouver Schwarzy et Miss Monde. Je me sentis un peu hypocrite, alors que j'avais cherché jusqu'à présent à me débarrasser de leur présence, mais il s'agissait de mes seuls alliés objectifs actuels, à défaut de les considérer comme des amis.

Mes réflexions furent interrompues par l'entrée furtive de la jeune institutrice qui s'approcha à pas de loup de mon lit. Je fis semblant de dormir. Je respirai son parfum léger et repensai à son visage lors de mon accident. Elle était plutôt pas mal. Peut-être un peu fade. Mais je préférais encore cela à la beauté polaire de sa collègue.

Elle se pencha un peu plus sur moi et je pus sentir sa poitrine frotter contre mon torse. Au moins, mon statut actuel m'épargnait une honteuse érection involontaire. Elle m'examina un moment, puis repartit comme elle était venue. Sa sollicitude m'apporta un réconfort bienvenu. Sans pour autant résoudre mes problèmes et mes interrogations.

Profitant du sommeil de plomb de mes camarades de chambrée, je me résolus à m'éclipser. J'envisageai même de laisser un petit mot derrière moi, moins pour rassurer que pour éviter à ma protectrice les ennuis administratifs et judiciaires qui ne manqueraient pas de lui arriver. Mais la lumière, le bruit, les délais auraient risqué de réveiller les autres. Je m'habillai donc rapidement et en silence, puis me coulai hors du dortoir, en serrant dans ma poche le couteau pointu que j'avais dérobé à la cantine lors du dîner.

J'étais dans le couloir assez impersonnel aux murs blancs et nus qui passait devant le réfectoire et diverses autres portes, avant de se perdre dans l'obscurité. La sortie était indiquée par de petits blocs lumineux. À mi-distance, se trouvait une porte entrouverte qui laissait passer un rai de lumière. Je m'approchai subrepticement. Deux voix se répondaient à l'intérieur de la pièce. La brune et la blonde qui discutaient.

— Elle a l'air d'aller bien, même si elle semble totalement désorientée, dit la première.

— Avec ce genre d'accident, on ne peut jamais trop savoir, tempéra la deuxième. Il faudra voir demain si elle garde des séquelles.

— J'espère que non…

Une fois de plus, sa bienveillance me mit du baume au cœur. Pas longtemps.

— Non pas que je me préoccupe pour elle. Ça a toujours été une vraie peste qui n'a jamais écouté les consignes. Elle l'a bien mérité !

Mon cœur rata un mouvement. Avais-je bien entendu ?

— Mais je ne te raconte pas les emmerdements que je risque d'avoir s'il lui arrive quelque chose. Tout ça parce qu'elle n'écoute jamais rien. Elle m'aura vraiment gonflée jusqu'au bout.

Mon sang ne fit qu'un tour : ainsi ce n'était pas pour moi qu'elle s'inquiétait, mais uniquement pour les conséquences sur sa propre situation. Saleté ! Si j'avais eu Miss Monde sous la main, je l'aurais envoyée lui arracher les yeux avec sa hargne habituelle. À l'instar d'un amant trahi, j'égrenai mentalement les actes de vengeance envisageables.

Quand j'eus trouvé le plus approprié, je revins sur mes pas, traversai à nouveau le dortoir et, parvenu au-dessus de mon lit, me coupai la paume avec le couteau afin de faire tomber plusieurs gouttes de mon sang sur l'oreiller. Je m'essuyai sur la taie afin de rendre le résultat plus dramatique. Disparition inquiétante d'une petite fille : sa carrière de professeur aura du mal à se remettre de ça.

Satisfait de ma mesquine mais terrible vengeance, je retournai dans le couloir que je parcourus sans bruit et passai tel un félin devant la chambre des adultes, toujours occupées à deviser sur les conséquences juridiques et administratives de l'accident de voiture, sans se douter que demain matin ces conséquences connaîtraient une inflation à deux chiffres.

Les blocs lumineux me conduisirent jusqu'à une porte de secours. Évidemment cadenassée, contrairement à toutes les règles de sécurité. L'institutrice n'allait pas être la seule à devoir se justifier. En attendant, je pestai intérieurement et poursuivis mon chemin qui finit devant la porte d'entrée. Aucun gardien, pas de réception, une porte fermée de l'extérieur mais avec une barre d'ouverture d'urgence du côté intérieur. Je jubilais à l'idée de l'enquête policière qui débuterait le lendemain !

Je sortis dans l'air frais de la nuit. La plaie de ma main s'était déjà quasiment refermée. Je tournai rapidement le coin de la rue, au cas où une alarme quelconque aurait dénoncé ma fugue. Cela ne sembla pas être le cas et, rasséréné, je pris le temps d'observer le quartier : des immeubles endormis, des voitures inertes, des trottoirs gris et vides, à l'exception de quelques crottes de chien malveillantes guettant dans le noir le pied innocent qui les foulerait. Rien ne ressemble plus à une rue parisienne la nuit qu'une autre rue parisienne la nuit. Il fallait que je marche en direction des avenues plus passantes et des bouches de métro pour avoir une idée de ma position.

Je me mis en route et aussi à regretter de n'avoir pas eu la présence d'esprit d'emporter une bouteille d'eau et un en-cas au lieu d'avoir cherché à rendre la monnaie de sa pièce à la petite prof. Pour ajouter à mon agacement, le dédale des ruelles échappa dans un premier temps à ma compréhension et j'eus l'impression désespérante de tourner en rond.

Au hasard de mes pérégrinations, je tombai sur un couple qui rentrait de dîner, enlacé et tout sourire. En partant de l'auberge de jeunesse, je n'avais pas pensé non plus à regarder l'heure. Il devait cependant être suffisamment tard pour qu'une fillette déambulant seule dans les rues les intrigue. En me croisant, ils marquèrent une hésitation et se consultèrent du regard. Je pressai le pas : je tournai dans une ruelle perpendiculaire avant qu'ils ne réagissent.

Je parvins enfin à une artère plus passante. Ce devait être un quartier touristique, car outre les commerces encore ouverts et les trottoirs animés, je repérai des familles flânant et s'extasiant dans toutes les langues. J'avisai l'horloge d'une pharmacie, qui m'annonçait qu'il était 21h26. Horaire raisonnable pour une famille de touristes, mais nettement moins acceptable pour une enfant seule, si j'en jugeais par les coups d'œil des passants.

Passèrent devant moi un couple et ses quatre enfants, qui échangeaient dans une langue qui me sembla slave. Avec le plus de naturel possible mais sans me coller à eux, je me glissai aussitôt dans leur sillage, laissant croire que j'étais la cinquième de la fratrie. Un peu plus loin, une bouche de métro m'apprit que nous nous trouvions aux Gobelins. Je n'aurais pas trop à marcher pour arriver jusqu'à la Place d'Italie.

Heureusement, ma famille russe ou polonaise se dirigeait peu ou prou dans la bonne direction. Après dix minutes, malheureusement, elle pénétra dans un hôtel. Me retrouvant orphelin, je m'empressai de me raccrocher à une autre famille, parlant fort et en anglais. Je consacrai l'heure et demie qui suivit à changer ainsi de parents et de fratrie, comme un orphelin délinquant et toxico dont aucune famille d'accueil n'aurait voulu. Au hasard des rencontres et des origines, je devins tour à tour allemand, italien, anglais, belge et même congolais. Pas longtemps dans ce dernier cas, la présence d'une gamine blonde dans une famille noire étant manifestement moins courante que l'inverse.

Je devais prendre soin à chaque fois de ne demeurer ni trop près ni trop loin pour passer la plus inaperçue possible des uns comme des autres. Un subtil équilibre épuisant.

Vers 23 heures, je me rapprochais du but. Je me décrochai de ma dernière famille d'adoption – des japonais très courtois avec leur fils unique, mais qui là encore suscitaient des interrogations chez les passants, au même titre que les congolais précédents – et m'engageai dans les petites rues qui devaient me conduire chez Schwarzy.

Après une trentaine de mètres, je devinai une présence derrière moi. En jetant un coup d'œil rapide par-dessus mon épaule, j'aperçus un homme venant lui aussi de l'avenue. J'essayai de me calmer il ne me suivait pas forcément et rentrait peut-être simplement chez lui.

Pour en avoir le cœur net, je tournai dans les rues un peu au hasard. Non seulement il était toujours là, mais il avait grappillé du terrain. Le doute n'était plus permis. Un début d'affolement s'empara de mon esprit, pendant que ma main agrippait fiévreusement le couteau planqué dans la poche de mon pull. Hors de question de m'enfuir : sa foulée était forcément plus longue que la mienne et la fatigue de la journée commençait à me rattraper. Je ne pouvais pas non plus l'affronter : mon corps de fillette prépubère ne faisant absolument pas le poids.

Il ne me restait plus qu'à ruser. Au détour d'une rue, hors de son champ de vision, je piquai un petit sprint et bondis me planquer derrière une voiture en stationnement. J'entendis les pas de l'inconnu qui arrivèrent au coin de la rue, hésitèrent, puis accélérèrent pour tenter de me retrouver. Je restai derrière la voiture et la contournai pendant qu'il passait. Aussitôt que j'entendis décroître le bruit de ses talons, je me précipitai dans la direction opposée.

Je traversai une rue et m'engageai dans une perpendiculaire. Puis je repris mon souffle et tentai de repérer où je me trouvais par rapport à ma destination. Je m'étais arrêté pour lire une plaque de rue, quand je fus attrapé et entraîné dans l'ombre d'une porte cochère ouverte. Je fus plaqué contre un mur ; une main se colla sur ma bouche pour m'empêcher de crier, tandis que la droite commençait à farfouiller sous ma jupe.

Je reconnus le poursuivant que je pensais avoir semé. Son corps pesait sur le mien et m'interdisait de fuir. Sa voix était hachée par l'excitation.

— Alors, petite pute. Tu pensais m'échapper ? Tes parents ne t'ont pas appris que c'était dangereux de se promener toute seule la nuit ? Tu peux tomber sur n'importe qui.

En dépit de mes efforts et de la fébrilité qui rendait ses gestes imprécis, il réussit enfin à soulever ma jupe.

— Coquine. C'est peut-être bien ce que tu recherchais, hein ? Dans ce cas, tu as de la chance : tu vas voir comme ça va être bon.

Tout m'emplissait d'effroi : sa main qui palpait mes fesses avec frénésie, ses grognements près de mon oreille, son souffle qui empestait la cigarette et le café. Mon cerveau était obscurci par la panique, qui empêchait toute réaction cohérente, hormis me débattre de manière désordonnée.

— Je suis sûr que tu vas aimer, ma jolie.

Ses ongles éraflèrent la peau de mes hanches, comme il saisissait l'élastique de ma culotte pour tirer dessus. Sa langue dégoûtante parcourut mon cou jusqu'à ma joue.

Cette griffure et ce contact humide constituèrent un déclic. Les brumes de mon esprit disparurent et laissèrent place à une froide détermination. Comme les fois précédentes, un étrange instinct enseveli m'indiqua clairement ce que je devais faire.

Je saisis mon couteau, le sortis de la poche de mon sweat et le plantai de toutes mes forces dans la cuisse gauche qui me maintenait contre le mur. Mon assaillant poussa un cri étranglé de surprise et de douleur. Je retirai prestement le couteau, avant que le sang ne l'ait empoissé ou que l'inconnu ne l'ait attrapé. La main moite qui auparavant me celait la bouche battit l'espace mais ne rencontra que le vide.

Incrédule, le sale pervers se recula en titubant et je profitai de l'ouverture offerte pour le frapper à nouveau, dans le ventre cette fois. Encore un aller-retour rapide qui laissa derrière lui une déchirure dans le tissu qui se teinta progressivement de rouge sombre.

Les yeux arrondis par l'étonnement, le monstre mit un genou à terre. Je résistai à l'envie de lui trancher la gorge et lui balançai un furieux coup de pied au visage. Il s'écroula sur le sol en gémissant. Je partis en courant, serrant convulsivement mon couteau ensanglanté, essayant de mettre le plus de distance entre le pédophile et moi.

Le souffle court, je stoppai après plusieurs minutes d'une course éperdue, qui m'avais un peu éloignée de mon objectif. Après avoir retrouvé une respiration normale, je repris ma marche, aux aguets et le couteau à portée de main : les agents gouvernementaux n'étaient apparemment pas les seuls dangers auxquels s'exposait une fillette au milieu de la nuit.

J'arrivai enfin devant l'immeuble de Schwarzy. Je ne connaissais pas le digicode. Et la probabilité pour qu'un habitant de l'immeuble revint d'une promenade nocturne et me laisse entrer sans poser de question relevait de l'utopie. Je trouvai des gravats près d'une poubelle et récupérai un morceau de parpaing dans l'amas. Puis, je m'avançai jusqu'à la porte d'entrée en verre de l'immeuble que je brisai. Je traversai le vestibule et me précipitai dans les escaliers avant qu'un quelconque curieux n'ait eu l'idée de venir voir ce qui se passait.

J'arrivai à l'étage de Schwarzy. La porte de son appartement laissait filtrer des éclats de voix. Je reconnus celle, stridente et constamment excédée, de Miss Monde et celle, plus basse et grondante, de son amphitryon. Je toquai. Les voix se turent. Des pas lourds, qui se voulaient discrets, parvinrent jusqu'à la porte. Je vis le judas s'assombrir. S'il avait été vivant, il aurait exprimé la perplexité. J'entendis un échange murmuré. Je décidai de mettre fin à l'hésitation en frappant de nouveau, avec impatience.

Les verrous finirent par cliqueter et Schwarzy passa par l'entrebâillement une tête soupçonneuse qui parcourut le couloir en quête d'un piège. Ne décelant rien, son regard revint vers moi.

— Eh bien petite, c'est pas une heure pour te balader dans les couloirs. Tu ferais mieux de rentrer chez toi, hein.

Avant que j'aie pu ouvrir la bouche, la porte s'était refermée et derrière elle la discussion avait repris. Je me demandai en fin de compte si c'était une si bonne idée que ça de m'adresser à ce gros balourd. Mais n'ayant pas d'autre choix, je toquai pour la troisième fois. Nouvelle interruption de la discussion, nouveaux pas, nouvelle œillade, nouvelle ouverture de porte, mais en grand et non plus seulement l'entrebâillement.

— Écoute, ma grande – tiens, je venais de prendre plusieurs centimètres en une minute – je sais pas qui tu es, ce que tu veux, ni pourquoi tes parents démissionnaires et irresponsables te laissent te promener seule à cette heure pendant qu'ils dépensent l'argent des allocs dans je ne sais quoi, mais…

— Arrête ton char. C'est moi.

Sans lui laisser le temps de répondre, ni de chercher à savoir qui était ce « moi », je me glissai entre lui et le chambranle de la porte.

— Mais, qu'est-ce que tu fous ? me lança-t-il en refermant et verrouillant tout de même la porte au cas où il serait agi d'un piège.

Miss Monde se trouvait au milieu du séjour, l'air aussi furibond que d'habitude et vêtue d'une robe déchirée en plusieurs endroits, ce qui d'ailleurs ne constituait pas un spectacle désagréable.

— Dis donc, sale mioche, fit-elle en levant vers moi un doigt menaçant. Tu te crois où ?

— Allez, sois gentille, ajouta Schwarzy sur un ton plus accommodant.

— Lâchez-moi la grappe. Je suis crevé et j'ai failli me faire violer par un gros con de pédophile.

Je m'écroulai sur le canapé sous l'effet de la fatigue accumulée au cours de cette journée à rebondissements.

— Désolé pour toi. Mais en même temps, c'est pas chez nous que tu devrais aller mais chez tes vieux ou à la police, déclara péremptoirement Miss Monde. C'est quoi ton nom, que j'appelle tes parents fissa ? Je vais leur apprendre comment s'occuper de leur progéniture au lieu de la laisser vagabonder.

— Charles Lautra.

— Charles ? Quel drôle de prénom pour une fille, remarqua Schwarzy.

Il ne comprenait rien ; c'était désespérant. La bimbo, elle, commençait à s'interroger.

— Comment tu connais ce nom ?

— Qu'est-ce qu'il a son nom ? rétorqua Schwarzy.

Mais quel âne !

— C'est le mien. Du moins celui que je portais avant de me prendre un pruneau devant l'immeuble de madame en essayant de vous alerter.

Je travestissais légèrement la réalité, mais si je voulais réussir à me les concilier…

La bimbo gardait les sourcils froncés. Ses méninges travaillaient à toute vitesse et je pouvais presque voir de la vapeur s'échapper de ses oreilles. Schwarzy était un peu plus lent : il nous regarda tout à tour sans comprendre, jusqu'à ce que son visage réagisse enfin, en s'arrondissant de stupeur :

— Putain ! C'est vraiment toi ?

Je me contentai d'un hochement de tête.

— Par la truffe humide d'Anubis, c'est pas croyable ! s'émerveilla Schwarzy.

Il s'agenouilla devant moi pour m'examiner.

— Oui, il a bien sa moue renfrognée habituelle.

— T'emballe pas, tempéra Miss Monde. On a une môme de dix ans qui au milieu de la nuit vient nous annoncer qu'elle est en fait un mec de quarante…

— Trente-six, fis-je, vexé.

— Un mec de trente-six, mais qui en paraît quarante, continua la peste. Et dont le corps se régénère à la vitesse de la lumière, qui est poursuivi par une agence secrète et qu'on croyait mort jusqu'à il y a deux minutes. Et rien qui nous prouve qu'elle dit vrai.

— Il y a un moyen très simple, répliqua Schwarzy en allant prendre le téléphone portable de la bimbo. Tu vas voir.

Il me prit en photo, puis lui montra l'image sur l'écran.

— La vache ! C'est donc vrai ce que tu disais.

— Je peux savoir ce qu'a ma photo ? lâchai-je, un peu énervé d'être traité comme un objet.

— Tu ne lui as rien dit ? demanda Miss Monde à Schwarzy.

— J'en ai pas eu l'occasion, répondit-il à titre d'excuse.

— Des occasions, tu en as eues plein et des explications, j'ai passé mon temps à te les réclamer, grinçai-je.

Je me levai et leur arrachai le téléphone. Ce qui j'y vis me laissa sans voix : c'était bien l'image de la fillette dont j'occupais le corps et que j'avais pu voir dans le miroir toute la soirée. Mais à la place des yeux, deux lumières rouges, tels des phares dans la nuit, couvraient une partie de mon visage enfantin.

Cela me rappela une des premières visions que j'avais eues de Schwarzy la veille dans la boîte de nuit. Je restai hypnotisé par l'image. C'était comme si on avait troué avec un ciseau l'emplacement de mes yeux et qu'on avait éclairé l'arrière avec un sémaphore rouge. Une sorte de potiron d'Halloween, mais avec une couleur rouge. Une tomate d'Halloween, quoi.

Concentré, je prêtais une attention limitée à la conversation qui se poursuivait.

— Bon, disait Miss Monde en prenant place sur son fauteuil habituel, en tous cas, ça répond à la question : cette gamine est bien notre goujat préféré.

— Par le gland turgescent de Priape ! s'esclaffa Schwarzy. Tu veux dire que c'est cette fillette de dix ans qui ne t'a pas indemnisée pour ta prestation tarifée ? Arf ! Arf !

Miss Monde lui jeta un regard noir, mais préféra ne pas relever. Elle se tourna vers moi :

— Et comment tu en es arrivé là ?

Je levai enfin les yeux de l'image.

— Hein ?

— Co-mment-tu-es-pa-ssé-dans-ce—corps ? épela-t-elle dans la lignée de « Parler à un demeuré pour les nuls ».

Après un soupir, je leur narrai les événements de la soirée. Mon histoire de transmutation des âmes fut ponctuée de multiples bâillements, tellement j'étais éreinté.

— C'est quand même plus convaincant quand c'est le Dalaï-Lama qui l'affirme, lâcha Miss Monde.

Je lui adressai un regard de reproche.

— Non pas que je te croie pas, ajouta-t-elle aussitôt. Mais raconté par la voix aigrelette d'une gamine à moitié endormie, ça manque de… Je sais pas : ça fait moins réel.

— Moins sérieux, renchérit Schwarzy.

— Oui, bon, en tous cas, ça m'est bien arrivé et maintenant, je suis crevé. Alors, laissez-moi dormir et demain, je veux des explications, fis-je à l'intention de Schwarzy.

CHAPITRE 5
Explications paranormales
et nouvel echec

Je sombrai rapidement dans un lourd sommeil, qui ne m'empêcha pas de faire à nouveau d'étranges rêves. J'étais dans un monde dans lequel des couettes blondes virevoltaient et fouettaient l'air, tandis que le chauffeur du véhicule qui m'avait renversé brandissait un code juridique rouge en hurlant : « vous êtes responsable ! ». Moi, je regardais la scène, jusqu'à ce qu'une main m'attrape l'épaule : c'était un des gars anonymes en costard-cravate qui m'avaient agressé. Il portait sur son revers, un badge de couleur jaune cocu. Avec un rictus lupin, il déclara : « tu pensais nous échapper, engeance abjecte, mais nous t'avons retrouvé. Maintenant, tu vas regretter ton escapade ! ». Pendant qu'il éructait un bon rire de méchant comme dans les films, je lui balançai un coup de pied dans les valseuses. « 'Tain, mec ! Qu'est-ce tu fous !? ».

Je reconnus cette voix. J'ouvris les yeux et trouvai Schwarzy aux pieds du canapé en train de se masser la poitrine.

— Je voulais simplement savoir si tu avais faim et si tu voulais manger quelque chose pour le p'tit-déj' !

Une riche odeur de café, de lait et de pain grillé flottait en effet dans l'appartement. Je grommelai une excuse et me redressai, en écartant une couverture dont un de mes co-locataires avait bien voulu me recouvrir pendant la nuit. Étions-nous en train de civiliser nos rapports ?

— Alors, tu viens ?

Encore pâteux, je m'installai à la table du coin cuisine. Les deux autres firent le service et s'assirent à leur tour. Le statut d'enfant, même uniquement de corps, comportait décidément bien des avantages. Je me demandai qu'elle serait leur réaction si je commençais à me rouler par terre en criant et en réclamant à tout prix une sucette au cola.

Je grignotai ma tartine en sirotant mon café au lait. J'aurais préféré du café noir pour m'éclaircir les idées, mais il fallait bien des points négatifs à mon nouveau statut d'enfant-roi. Et puis, Schwarzy buvait du chocolat chaud, donc en termes de maturité, je ne me situais finalement pas si mal. Avec un plaisir sadique certain, je décidai de lui gâcher son petit-déjeuner.

— Bon, je crois que tu me dois des explications.

— Bien sûr, bien sûr, fit l'intéressé. Par quoi commencer…

Il se tut et afficha une concentration assez inhabituelle de sa part. Je commençai à supputer qu'il cherchait à éluder la discussion, quand il reprit la parole :

— Ce que j'ai vécu est assez proche de ta propre expérience. Comme toi, je n'ai aucun souvenir personnel antérieur à il y a trois mois. Ce jour-là, je me suis réveillé dans une salle de sport.

— Ça ne me surprend pas, fis-je remarquer en observant l'hypertrophie de ses muscles.

— Je ne savais pas ce que je faisais là.

— Ça non plus.

— Peut-être du sport, non ? railla Miss Monde.

— Bon, si mon histoire vous intéresse pas…

— Pardon, pardon. Continue.

— Donc, je me suis réveillé sur un banc de musculation, avec une barre et 200 kilos d'haltères en travers de la poitrine. Ça m'avait écrasé la cage thoracique. Mais comme je l'ai découvert par la suite, et toi également, mon corps se régénère facilement et rapidement.

— Il n'y a pas eu de témoin ? demandai-je.

— Non. J'ai su en fouillant les lieux que j'étais le gérant de la salle de sport. Ce qui explique pourquoi j'ai pu me retrouver seul à l'entraînement et sans témoin de l'accident.

— Et t'as fait quoi par la suite ?

— Plus ou moins comme toi, mais avec plus de réussite : après avoir étudié tous les documents et informations dont je disposais, j'ai essayé de me couler dans la vie que j'avais, le plus discrètement possible. Ça a été plus facile pour moi, car je n'étais jamais allé voir une escort revancharde comme une harpie.

Il s'esclaffa. La harpie en question lui lança un regard propre à l'écorcher vivant et rétorqua :

— Ou disons que la vie d'un gérant de salle de sport exige moins de neurones et de capacité d'adaptation.

C'était, je crois, la première fois qu'elle prenait ma défense. Mais ce n'était qu'un effet collatéral. Je revins au sujet.

— Personne ne s'est rendu compte que tu redécouvrais ta vie ?

— Non : par chance, j'étais célibataire et sans enfant…

— Tu m'étonnes ! asséna Miss Monde qui avait la rancune tenace.

Il trempa sa tartine dans son chocolat chaud, sans s'altérer le moins du monde. Peut-être n'avait-il pas compris la remarque de la bimbo.

— À part quelques amis sportifs qu'il m'a été facile de maintenir à distance, je n'ai pas eu à faire beaucoup d'efforts pour endosser mon costume.

— Et tu n'as aucun souvenir de ta vie antérieure ?

— Quelques flashs parfois quand je dors, mais auxquels je comprends rien.

— Et comment tu expliques que j'ai pas perdu la mémoire hier soir ?

— Je l'explique pas, répondit-il en haussant les épaules.

— On sait même pas si votre perte de mémoire est liée au phénomène de résurrection, fit remarquer Miss Monde.

— Il y a quand même des indices concordants.

— Peut-être qu'il s'est passé quelque chose de particulier la première fois ? suggéra Schwarzy.

— Tu veux dire quelque chose de plus bizarre que mourir dans un corps et reparaître dans un autre ?

Il haussa à nouveau les épaules et mâcha goulûment sa tartine imbibée de chocolat chaud qui dégoulina dans son bol.

— Et l'histoire des yeux lumineux ?

— Ça, je l'ai découvert assez rapidement : en visionnant les caméras de surveillance de la salle de sport. Je voulais regarder ce qui s'était passé avant mon réveil…

— Alors ?

— Rien. Une sorte de malaise pendant mon entraînement ; l'haltère me tombe dessus ; je reste immobile ; puis, le réveil. Pour en revenir aux yeux, j'ai donc vu sur les écrans ce phénomène incompréhensible.

La bimbo se leva et commença à faire les cent pas et à énumérer sur ses doigts.

— Bref, un corps qui se régénère, aucun souvenir antérieur à l'accident, des yeux lumineux…

Je l'interrompis :

— Oui, enfin pour les yeux, je ne suis pas aussi convaincu. J'ai passé la soirée d'hier à scruter ma trogne dans les miroirs de mon hébergement infantile et à aucun moment j'ai vu cette lumière.

Schwarzy haussa les épaules :

— Quand tu te regardes toi-même dans un miroir ou une vitre, le phénomène n'apparaît pas. Ça, j'ai pu moi-même m'en rendre compte.

— Hum…

— Je vous raconte seulement ce que j'ai constaté, se défendit le gorille. Ne me demandez pas pourquoi ni comment.

— Ce week-end, tu donnais l'impression d'en savoir beaucoup plus, fis-je remarquer.

Nouveau haussement d'épaules.

— J'ai passé pas mal de temps à observer et réfléchir pendant ces trois mois de vie semi-clandestine. Trois semaines à masquer mes yeux pour éviter d'être repéré…

— Donc, tu sais quelque chose de ceux qui nous traquent ?

— Pas vraiment. Mais j'ai déjà subi une fois leur attaque. Et j'en avais déjà tiré mes conclusions : ce sont des gars entraînés, avec des appuis et qui te trouvent on ne sait pas comment.

— D'ailleurs, intervint Miss Monde qui était revenue s'asseoir, ils ne devraient pas tarder à remonter jusqu'à cet appartement, non ?

— J'ai tenté toutes ces semaines de rester discret, car ils ont l'air d'avoir beaucoup de moyens pour retrouver qui ils veulent. Mais là, vu que nous avons été contraints d'agir…

Je me souvins soudainement des raisons de ma mort et de ma deuxième résurrection.

— Au fait, comment vous êtes parvenus à vous débarrasser d'eux pendant que je me faisais tuer ?

Schwarzy gigota sur sa chaise.

— Bah, en fait, ta mort nous a quand même pas mal aidés.

— Ravi d'apprendre que j'ai été utile à quelque chose. Vous avez été reconnaissants, au moins ?

— Ouiiiii. Je crois même que ta copine était au bord des larmes.

— Ta gueule ! cracha-t-elle.

— Bref, ça a créé un tel barouf qu'on en a profité pour s'éclipser, non sans en avoir éliminé quelques-uns qui traînaient sur notre route.

Il leva les mains.

— Ne me regarde pas comme ça. On a essayé d'en abîmer le moins possible.

— Et qu'est-ce qu'ils peuvent bien nous vouloir, ces gus ?

La bimbo montra Schwarzy :

— La NASA cherche peut-être à étudier les effets du vide sur le cerveau.

— Ou alors, un groupe de cosmétique veut tester sa nouvelle crème anti-peau d'orange sur tes cuisses, répliqua le mastodonte.

— 'Tain, arrêtez de vous comporter en gamins ! C'est moi le seul mineur ici.

Les deux autres me regardèrent, pensifs.

— Ça non plus, on ne sait pas d'où ça vient cette capacité à changer de corps, commenta Schwarzy.

— D'ailleurs, fit Miss Monde en jouant avec un couteau, on ne sait pas si ça marche sur toi aussi, cette espèce de transmutation des âmes.

Le couteau était long, pointu et fascinant.

— On devrait peut-être faire un essai…

— T'approche pas de moi, espèce de psychotique ! protesta Schwarzy.

— Ça va, ça va, c'était simplement une suggestion, fit-elle en reposant le couteau sur la table.

— Ouais, ben, garde-les pour toi, tes suggestions.

— Bon, tout ceci ne résout pas la question essentielle, fis-je en repoussant mon bol vide. Que faisons-nous maintenant ?

Les deux autres se jetèrent un regard.

— Justement, on en parlait hier soir quand tu es arrivé, déclara Miss Monde.

— Et on n'était pas d'accord, ajouta le balèze.

— Le contraire m'aurait semblé miraculeux, soupirai-je.

— On n'arrivera jamais à échapper à ces mecs. Ils finiront toujours par nous tomber dessus. Alors, personnellement, je suis partante pour aller voir la police et tout leur raconter.

— Hum.

Et moi personnellement, l'idée d'aller expliquer au commissariat de quartier que malgré mon corps de gamine, j'étais en réalité un avocat friqué qui se tapait des prostituées rancunières, ne me faisait pas particulièrement fantasmer.

— Et lui, continua-t-elle en désignant Schwarzy, il veut vivre une vie clandestine de fuite et de peur en espérant survivre quelques années.

— Hé, c'est pas exactement ce que j'ai dit, protesta l'intéressé.

— Non, mais c'est le résultat prévisible.

— Y'a pas de raison…

Je décidai de mettre fin au débat.

— Le problème est que tant qu'on ne saura pas pourquoi on nous cherche, ce qu'on nous veut et qui nous sommes exactement…

— Qui vous êtes tous les deux, précisa la bimbo. Moi, je sais parfaitement qui je suis.

— Le monde entier sait parfaitement qui tu es, s'esclaffa le molosse.

— Bon, donc, tant que ces questions ne trouvent pas de réponses, nous sommes aveugles dans notre fuite et peu crédibles dans nos déclarations. Donc, les deux options sont aussi peu valables.

— Et tu proposes quoi, alors ? me demanda Miss Monde.

— C'est un fait qu'ils vont nous retrouver et débarquer ici.

— Par les plumes multicolores de Quetzalcoatl, c'est sûr et certain, affirma Schwarzy, catégorique.

— Tournons ça à notre avantage.

*

*   *

La rue était sombre en ce lundi soir. Trois gros 4x4 noirs — les mêmes que la veille – arrivèrent. Cette fois, ils roulaient discrètement, sans crissements de pneus ni embardées, et se répartirent sur toute la longueur de la rue. Ils ne se placèrent pas non plus au milieu de la chaussée, mais se garèrent le plus normalement possible, l'un devant l'immeuble de Schwarzy et les deux autres à chaque extrémité de la rue. Trois hommes en costard-cravate descendirent de chacun des véhicules et convergèrent sur le trottoir.

J'observais tout cela depuis le toit de l'immeuble d'en face, où j'avais réussi à m'incruster pour suivre les événements et prévenir les autres. Une fois l'idée lancée, c'était Schwarzy qui avait mis au point les détails, avec sa connaissance pointue des films de guerre et d'espionnage. Mais dans la répartition des tâches, j'avais l'impression de m'être fait avoir. Avec ma jupette et mon pauvre sweat, je grelotais de froid.

Miss Monde, à l'inverse, avait eu le beau rôle : elle attendait avec une voiture volée dans une rue adjacente située derrière celle en sens unique de Schwarzy, de manière à ce que nos ennemis se retrouvent coincés pour lancer leur course-poursuite. Ça, c'était la théorie. Personnellement, je nourrissais quelques doutes sur le fait que les gars qui nous traquaient eussent un tel respect du code de la route ou sur la probabilité d'un tiers passant fortuitement en voiture à ce moment-là et les bloquant.

Schwarzy, quant à lui, était planqué dans un quelconque endroit discret. Il constituerait la force de frappe de notre pathétique tentative de contre-attaque. Sur l'aspect « force de frappe » en tous cas, je nourrissais moins de doutes.

— Ils sont arrivés, lançai-je dans mon talkie-walkie. Neuf se réunissent devant l'immeuble, un reste en faction près de chaque voiture. Je descends.

Je quittai mon observatoire. En arrivant au rez-de-chaussée, je me heurtai à un habitant de l'immeuble, qui rentrait chez lui. Il me lança un regard surpris. Je baissai la tête et serrai fort le couteau caché dans ma poche. Il monta sans rien dire et je poursuivis mon chemin. Certaines expériences vous rendent parano.

Dehors, je me dirigeai vers l'entrée de la rue et le 4x4 stationné là. Les autres étaient déjà entrés dans l'immeuble de Schwarzy. L'idée était simple. Peut-être simpliste, d'ailleurs – la suite des événements nous le démontra – : j'étais le seul à ne pas être connu et reconnaissable. J'allais donc m'approcher du conducteur pour distraire son attention, tandis que le balèze amateur de Tom & Jerry lui tomberait dessus, le mettrait hors d'état de nuire d'une façon ou d'une autre et le porterait jusqu'à la voiture dans laquelle attendait Miss Monde. Nous aurions ainsi un prisonnier que nous pourrions interroger à loisir, voire échanger contre quelque chose. Je comptais sur le pouvoir de conviction de Schwarzy pour le faire parler.

Dans la rue, le costard-cravate faisait les cent pas à côté de son véhicule. Il me vit arriver de loin, mais me consacra à peine un regard. Derrière lui, j'aperçus Schwarzy qui entamait son déplacement furtif. À l'instant où je m'apprêtais à établir le contact, une demi-douzaine de voitures arrivèrent à toute vitesse dans la rue et commencèrent à déverser leur lot de gros bras en blouson de cuir râpé.

Ma cible entra alors en frénésie et regarda de tous les côtés en portant la main sous son épaule gauche. Ou bien il avait utilisé un déodorant particulièrement agressif qui venait de lui provoquer subitement des démangeaisons atroces. Ou bien il comptait dégainer son calibre. Naturellement, il s'agissait de la deuxième option, car en repérant Schwarzy, il sortit instantanément son pistolet automatique et se mit en devoir de tirer. Encore un psychopathe. Il se serait bien entendu avec la bimbo et ses jeux de couteaux.

Schwarzy n'eut que le temps de se planquer entre les voitures garées, avant que plusieurs vitres ne volent en éclats. Désemparé, et sans réfléchir, je me précipitai dans les jambes du tireur pour le déséquilibrer. Dans les livres et les films, ça marchait bien. Mais quand une gamine fluette d'une dizaine d'années s'y essaie contre un hypothétique agent secret, le résultat est moins probant. Le gars m'esquiva, m'agrippa par un bras et me projeta contre un mur, me laissant à moitié étourdie.

— Hé !

J'entrevis un des gros bras en cuir marron qui venaient de débarquer se précipiter sur le costard-cravate, le percuter de tout son poids et l'écraser au sol, rétablissant de mon point de vue l'équilibre de la justice. Je tentai péniblement de me relever pendant que les deux lutteurs se rendaient coup pour coup sur le sol. Je jetai un regard vers la gauche de la rue, mais ne vis nulle trace de Schwarzy.

À quatre pattes, je m'avançai vers le corps-à-corps presque par automatisme, comme un homme politique : sans vraiment savoir quoi faire mais sans être capable de résister à la tentation de me mêler des affaires des autres. J'étais à moins d'un mètre des deux adversaires qui s'envoyaient avec enthousiasme d'énormes mandales, quand j'entrevis enfin une ouverture : le pistolet du costard-cravate gisait sur le sol au niveau des hanches des deux antagonistes, qui, trop occupés à se détruire respectivement la tronche l'un couché sur l'autre, l'avaient complétement oublié.

Je continuai à approcher prudemment, craignant de me prendre un mauvais coup. Je ne croyais pas si bien dire. Le costard-cravate était parvenu à sortir un couteau ; le blouson-de-cuir détourna l'attaque d'un revers défensif ; le bras du costard-cravate, parti sur le côté, me percuta en plein abdomen et me renvoya à nouveau contre le mur.

Dépité, je me dis que j'allais devoir ramper à nouveau jusqu'à la bagarre et le pistolet, quand je me rendis compte que les deux malabars s'étaient arrêtés en plein duel de gifles et me fixaient d'un air incrédule. Au même instant, je détectai une douleur à la poitrine et baissai mon regard sur mon thorax duquel émergeait le poignard que le costard-cravate ne tenait plus dans la main. Une souffrance aiguë irradia de mon cœur et voila ma conscience. Du sang commençait à dégouliner et à empoisser mes vêtements.

— Oh, non ? se lamenta le costard-cravate. Je vais ramasser !

En tous cas, il ramassait déjà, car il se prit un fantastique coup de tête de la part du blouson-de-cuir et sombra dans l'inconscience en même temps que moi.

CHAPITRE 6

RENCONTRES DU TROISIEME AGE

Je pris une grande goulée d'air et ouvris les yeux. Je ne vis au-dessus de moi qu'un plafond sale agrémenté d'un papier peint jauni et d'une ampoule coiffée d'un abat-jour ringard. Cette perspective limitée s'expliquait par le fait que je me trouvais allongé par terre. Je tentai de prendre une position assise, mais mes muscles abdominaux ne répondirent pas.

Je repensai à la dernière scène que j'avais vécue et au couteau dépassant de ma cage thoracique. Je me mis aussitôt à palper fébrilement ma poitrine : pas de douleur particulière. Je plaçai mes mains devant les yeux : pas de sang les maculant. Rassuré, je repris mon souffle et me lançai à nouveau dans le projet herculéen de me relever. Nouvel échec.

Désappointé, je changeai de stratégie. Je roulai sur le côté et m'agenouillai en m'aidant de mes bras. L'effort que je dus fournir me fit ahaner. Une bonne minute me fut nécessaire pour me mettre debout en prenant appui sur la table qui se trouvait à côté de moi. J'ignorais la cause du décès du corps que j'occupais, mais si on m'avait annoncé que j'étais mort attaché à un rail alors qu'un train à grande vitesse me passait dessus, je n'aurais pas été plus étonné que ça.

Je jetai un regard circulaire pour me rendre compte que je me trouvais dans un appartement sombre, encombré, exigu et laid. Je repérai la porte des toilettes et m'y traînai d'une démarche lente et instable. Le moindre mouvement était une torture. Mais qu'est-ce qui m'était arrivé pour avoir mal comme ça ! Ouvrir la porte et allumer la lumière se transformèrent en exploits olympiques. Très classiquement, une grande glace surplombait le lavabo des toilettes. Je me tournai vers elle…

— Oh, merde ! m'insurgeai-je d'une voix que j'avais cru forte et qui était en réalité chevrotante et sifflante.

Le type que je voyais dans le miroir et dont manifestement j'avais pris l'enveloppe charnelle devait avoir au bas mot deux siècles d'existence. Malingre, tout ratatiné, chauve, à l'exception des oreilles et des narines d'où sortaient des masses de poils en forme de choux-fleurs, l'œil chassieux. Un vrai sex-symbol… du XIXe siècle. Il avait dû connaître les fiacres et l'invention de la fée électricité.

Je soupirai, mais n'avais pas le temps de m'apitoyer. Le nomadisme astral qui m'était actuellement imposé avait fini par m'inculquer quelques règles élémentaires de survie. À la vitesse d'un téléchargement bas-débit, je parcourus les pièces pour m'assurer que je vivais seul. L'appartement était vide. Sale et moche, mais vide. Les photos de couple qui traînaient partout comme autant de fétiches inutiles dataient un peu et laissaient supposer un veuvage qui personnellement me satisfaisait pleinement. Comme aucun enfant n'apparaissait non plus sur les photos, je n'avais pas d'irruption familiale intempestive à craindre.

Puis je procédai aux vérifications de base : nom, adresse, clés, argent... Mon nouveau nom était Gérard Nufleaud, 81 ans. J'habitais dans le 15ᵉ arrondissement. Je découvris un beau pactole sous le matelas, duquel je retirai une pleine poignée de billets tout en secouant la tête : « un vrai cliché ».

Le petit matin était déjà installé quand je quittai ma robe de chambre élimée et mes charentaises et cherchai dans le placard de la chambre des vêtements portables. Une quête quasi impossible. Je finis par enfiler une chemise démodée, un pull rapiécé, un pantalon de velours côtelé marron et des tennis tout neufs.

Je poussai un soupir, empochai les clés et quittai mon appartement. J'entrepris de descendre les trois étages d'un pas mal assuré. Sur le palier du premier, je croisai une voisine qui quittait elle aussi son domicile. Une jeune étudiante mignonne à croquer qui me lança à la figure sa bonne humeur, son sourire éclatant et un sonore « bonjour monsieur Nufleaud ! ». Son physique avantageux ne réveilla nul désir dans mon corps fatigué. Frustrant. De dépit, je grommelai une vague réponse acariâtre à laquelle elle ne réagit même pas : elle devait y être habituée.

Un soleil froid m'accueillit à mon arrivée dans la rue. Avant de tenter notre opération ratée de la nuit précédente, nous avions convenu avec mes deux improbables associés d'un point de regroupement, au cas où les choses ne seraient pas passées comme prévu. Hypothèse qui s'était réalisée.

Sur une île au milieu de la Seine, il existe à Paris une Statue de la Liberté en taille réduite. Bien moins connue que sa jumelle hypertrophiée, mais tout aussi symbolique, elle représente le cadeau en retour de la communauté américaine de la capitale. Pourtant guère éloignée de mon logement, il me fallut plus d'une heure pour m'y rendre, tant mes mouvements étaient lents. Certes, mon état s'améliorait, grâce aux extraordinaires facultés de récupération que j'avais déjà pu constater auparavant. Mais même cet étrange pouvoir peinait à lutter contre les dégâts d'une vie de plus de 80 ans.

Lorsque je parvins au pont de Grenelle, le plus proche de la statue, il me fallut un moment de repos pour reprendre mon souffle. J'en profitai pour observer les lieux d'en haut. Une rampe reliait le trottoir nord du pont à l'île, dite des cygnes. Au bout de cette dernière et d'un petit square rempli de pigeons gris s'élevait la petite sœur de la Statue de la Liberté, entourée des flots descendants de la Seine.

Malgré le début de cataracte à mon œil droit, je cherchai Schwarzy et Miss Monde et les découvris en contrebas, comme toujours en vive discussion. Je m'empressai — si on pouvait vraiment employer un tel mot — de rejoindre l'île par la rampe. Le temps que je finisse ma descente, je les aperçus qui se dirigeaient vers le nord et l'autre pont qui s'y trouvait. Je pressai le pas, bien que ce terme ne soit guère approprié pour qualifier mon allure de tortue arthritique. Ils risquaient de me distancer sans problème.

Heureusement, ils s'arrêtèrent une nouvelle fois pour se disputer. Dans un effort surhumain, je maintins mon allure de bolide et au bout de cinq minutes marathoniennes, je parvins à leur niveau. Leur conversation devint enfin audible, à défaut de se révéler originale.

— Le problème, c'est qu'on n'en fait toujours qu'à ta tête ! s'énervait Schwarzy.

— Le problème, c'est surtout qu'il n'y a qu'une seule tête pour deux, parce que si on devait compter sur la tienne…, répliquait la bimbo.

— Je sais pas ce qu'il en restera, de la tienne, une fois qu'elle aura rencontré mon poing.

Schwarzy montrait une belle agressivité et pour une fois résistait à Miss Monde. Aucun des deux ne prêta la moindre attention au vieillard cacochyme qui arrivait à leur hauteur en traînant des pieds. J'attrapai le bras de la bimbo. Surprise, cette dernière se libéra d'une secousse, qui me déséquilibra et faillit m'envoyer la tête la première dans les graviers.

— Hé, grand père ! pouffa Schwarzy. Je comprends qu'elle te fasse de l'effet, mais tu risques d'y perdre la santé.

— Ferme-la, tu veux ! répondit l'intéressée qui tourna vers moi un visage angélique. Désolé de vous avoir fait trébucher, monsieur. Vous m'avez surprise.

Avec une tendresse inhabituelle, elle me passa une paume d'une douceur infinie sur la joue.

— Passez une bonne journée, monsieur.

C'était la première fois que je la voyais faire preuve d'une quelconque délicatesse. J'étais à deux doigts de faire un malaise. Si elle était aussi tendre avec ses clients, je comprenais mieux ses tarifs. Pendant que j'en étais à ces réflexions, elle s'était déjà remise à crier sur Schwarzy.

J'intervins, de la voix chevrotante dont m'avait affligé ma dernière résurrection :

— Ho, c'est moi !

Sans l'ombre d'un succès. Ce fut à peine s'ils m'entendirent, obnubilés par leur prise de bec.

— Ho ! Je vous dis que c'est moi que vous attendez, insistai-je en m'insérant entre les deux duellistes.

Schwarzy eut d'abord le réflexe de m'écarter.

— Écoute, pépé ! T'es bien gentil, mais… Hein ! Qu'est-ce que t'as dit ?

— C'est moi que vous attendez. J'ai hérité de ce corps pourri, mais c'est moi.

Après une ombre de doute, son visage s'éclaira d'un sourire stupide. Sentant qu'il allait encore sortir une blague minable, je décidai de l'interrompre :

— Non, c'est bon. Épargne-moi tes commentaires.

Il sourit de plus belle, mais au moins il garda sa blague pour lui. De toute manière, j'étais convaincu qu'il finirait bien par la ressortir à un moment ou un autre. Je me tournai vers Miss Monde, qui me regarda, quant à elle, avec une mine de dégoût :

— Beurk. Et dire que je t'ai caressé sur la joue. Si j'avais su que c'était toi…

— Si j'en crois tes accusations, tu as fait davantage que simplement me caresser la joue, fis-je remarquer.

Cela eut le mérite de lui fermer le clapet. Schwarzy apprécia, hilare, tout en tripatouillant son téléphone portable.

— Bon, ne traînons pas, fis-je en reprenant le chemin par où j'étais venu.

Les deux autres m'encadrèrent en jetant des regards discrets à la ronde.

— Pourquoi ? demanda la bimbo. Il y a un risque pour qu'on soit repérés ? Tu as décelé quelque chose ?

— M'étonnerait ! s'exclama Schwarzy. J'ai bien vérifié que personne ne nous filait le train.

— Non, c'est simplement que je suis fatigué et frigorifié.

Mes deux comparses échangèrent un regard éloquent. Cela m'irrita encore plus.

— Et accessoirement, j'ai une idée qui m'est venue et dont je veux vous parler, mais pas ici.

— Par les seins flétris de la vieille Pachamama ! Nous sommes sauvés : Agecanonix est parmi nous et il a une idée. Heureusement que nous avons attendu la journée « portes ouvertes » de la maison de retraite.

— J't'emmerde ! explosai-je. J'ai pas choisi ce corps atrophié. C'est comme ça ! C'est pas moi qui choisis les règles, que je sache. Tu les connais, toi, les règles ?

— Non, non, admit Schwarzy.

— Bon, alors lâche-moi.

Je fis demi-tour et partis en tête en bougonnant. Même si je n'allais pas très vite, les deux autres préférèrent maintenir une distance de sécurité, trois pas derrière moi. Le trajet se poursuivit dans la même configuration et je ne me tournai même pas pour savoir s'ils me suivaient lorsque je poussai la porte de mon immeuble.

*
*   *

L'intérieur de l'appartement suscita des réactions contrastées chez mes partenaires. Miss Monde regarda autour d'elle avec une grimace, tandis que Schwarzy haussa les épaules et alla directement s'asseoir sur le canapé. Il attrapa la télécommande et chercha une chaîne proposant des dessins animés, tout en continuant à tripoter son téléphone portable.

Je me sentais moins essoufflé qu'à l'aller. Je devais disposer désormais de la condition physique d'un vieux moyen. Ce qui n'était déjà pas si mal.

— Bon pour commencer…

Je me rendis dans la chambre et revins avec deux sacs que je posai devant mes alliés de circonstance. La bimbo s'était installée sur le bord d'une des chaises, après avoir pris soin de poser quelques serviettes en papier sous son derrière.

— C'est quoi ? demanda-t-elle.

— Du fric.

Elle leva un sourcil. Même Schwarzy tourna la tête.

— Tu le sors d'où ? continua Miss Monde.

— C'est le magot du petit vieux.

— Tu vas quand même pas piquer les petites économies du pauvre homme ! s'insurgea la bimbo.

— N'oublie pas que le petit vieux, c'est moi. Donc, légalement, j'en fais ce que je veux.

— Et pourquoi tu nous le donnes maintenant, ton pactole ? s'interrogea Schwarzy, avec un certain à-propos. On peut revenir ici n'importe quand pour le récupérer, sans avoir à se le trimballer. Comme tu l'as dit : légalement, il t'appartient.

— Tant que je suis vivant, nuançai-je. Et ça ne va pas durer.

— Pourquoi ?

— Tu vas me tuer.

J'aurais dû prendre un appareil photo avec moi. L'image de Schwarzy bouche bée méritait vraiment d'être immortalisée. La bimbo aussi, mais en toutes circonstances elle gardait un air plus intelligent. Et elle était aussi plus bandante, mais c'était un tout autre sujet.

— Par la bedaine luisante de Bouddha ! Tu débloques : je n'ai absolument pas l'intention de faire ça !

— Tu vas le faire, parce que c'est nécessaire et que je te le demande.

Miss Monde en était tout abasourdie. À tel point qu'elle s'appuya au dossier de sa chaise, sans penser à y mettre de mouchoir ou d'essuie-tout. J'étais fier de moi.

— T'as craqué ? demanda-t-elle. Ou alors tes pouvoirs accélèrent Alzheimer.

Elle avait le chic pour rabaisser les rares instants où j'étais content de moi-même.

— Ces pouvoirs, comme tu dis, me permettront de me glisser dans un autre corps dès que je serai parti de celui-ci. Et avec un peu de chance, nous tomberons sur un type costaud, ce qui ne fera pas de mal.

— Côté « costaud », on est déjà servi avec l'autre balèze, me rétorqua la bimbo en désignant Schwarzy sans même se tourner vers lui. Et on ne peut pas dire que ça m'enchante.

— Dis-toi que c'est réciproque ! répliqua l'autre.

— Oui, mais là ce sera un costaud avec des neurones, dis-je.

Miss Monde ricana. Je n'aime pas tirer sur l'ambulance, mais le refus du gorille d'accéder à ma requête m'exaspérait.

— Je vous emmerde ! cracha Schwarzy. Et si tu tombes pas sur un balèze ?

— On pourra recommencer jusqu'à ce que ça marche, dis-je en haussant les épaules.

— Non mais tu t'entends ? s'insurgea, scandalisée, la bimbo. On peut pas tuer de pauvres gars, à droite à gauche, pour compenser le fait que t'as pas fait une thérapie sur l'acceptation de ton corps.

— C'est pas mon corps, merde !

— C'est ce que disent la plupart des gars qui ont justement un problème avec leur corps.

— Et puis comment tu comptes t'y prendre ? demanda Schwarzy en revenant à des considérations plus concrètes.

— Apparemment, ce qui ressort de mon expérience récente, c'est que mon enveloppe corporelle n'est atteinte que si mon cœur est touché. Il faudrait donc que tu me poignardes là.

Je disais vraiment ces paroles ? Cela sonnait comme une grosse crise de délire schizophrène. Même à mes oreilles. Qui plus est à celle de mes interlocuteurs.

— Et ensuite ? Une fois que tu auras quitté ce corps, tu pourrais atterrir n'importe où, y compris dans un autre pays.

— Je ne pense pas : à chaque fois je me suis à nouveau retrouvé à Paris. Cela prouve que je dois sûrement récupérer le premier corps à ma disposition.

— Comme un mec prendrait la botte de poireaux sur le haut de la pile au supermarché ?

— Si tu veux. Et donc, je vous retrouverai dès que possible là où nous nous sommes déjà donné rendez-vous.

Schwarzy secoua la tête avec véhémence.

— Moi, je marche pas ! s'écria-t-il en attrapant son téléphone sur la table et en levant ses 150 kilos de muscles. C'est facile pour toi…

Facile ? Nous parlions bien de me perforer le thorax ?

— Mais c'est nous qui aurions du sang sur les mains. Je reviendrai quand tu te seras assagi.

— Quoi ?

Il me posa sa lourde patte d'étrangleur de grizzlis sur l'épaule. Je chancelai comme si un tronc d'arbre venait de me tomber dessus.

— C'est pour ton bien. Je te laisse te calmer et je repasse dans une heure.

Là-dessus, il se dirigea vers la sortie et claqua le battant derrière lui. Je restai interdit, à fixer la porte comme si elle allait répondre à mes interrogations, avant de me tourner vers Miss Monde. Je gaspillai ma salive et cinq minutes supplémentaires à essayer de la convaincre. En vain. Elle prit le même chemin que Schwarzy en me tenant un discours identique.

Je fulminai et décidai de prendre en main mon propre destin. Je fouillai les tiroirs de la cuisine, à la recherche d'un couteau suffisamment long, pointu et aiguisé pour parvenir à mon objectif. Deuxième échec. Je fus contraint de sortir en acheter un. Au même palier que la dernière fois, je croisai une autre voisine. Sans doute la colocataire de la première. Nouveau sourire désarmant, avec cette fois-ci, un peu plus d'effet physiologique : mon corps avait récupéré de l'énergie. Je me posai la question de remettre mon projet à plus tard, histoire de voir si je pouvais arriver à la version surhomme. Je repoussai l'idée : autant ne pas tergiverser.

La quincaillerie du quartier était bien approvisionnée. Je revins avec une belle lame. Sur le chemin, deux gamins sur leur scooter en profitèrent pour me dérober mon porte-monnaie, que je tenais comme un abruti à la main. Voilà ce qu'il fallait subir quand on avait le physique d'une victime.

J'étais pressé. Je ne perdis donc pas mon temps à faire un esclandre. En revanche, je constatai amèrement qu'un camion de cartographie terrestre était passé au même moment. C'était bien ma veine : après une belle photo à genoux me tenant les roubignolles, j'avais droit à une nouvelle séance d'immortalisation pendant que je me faisais dépouiller par deux chiards qui n'avaient même pas assez d'intelligence pour être en classe et respecter les vieux. Puis, je me rendis compte que cela n'avait aucune importance, étant donné que j'avais changé d'enveloppe entre temps et que même ce dernier corps n'allait pas me servir longtemps.

Une fois dans mon vieil appartement, installé sur le canapé usé, je sortis le couteau du sac, d'une main légèrement tremblante. Je me demandai ce qu'avait pu éprouver un samouraï du Moyen-Âge japonais juste avant de laver son déshonneur avec un sabre.

Je ne sais pas combien de temps je restai là, hésitant et freiné par l'instinct animal de survie. Une demi-heure ? Moins ? Plutôt que par arme blanche, je serais peut-être mort d'inanition, à force de tergiverser, si des coups violents n'avaient pas ébranlé ma porte.

— Ouvrez !

On aurait dit la police. Merde ! Quelqu'un avait été témoin du vol et avait cru accomplir son devoir civique au plus mauvais moment. J'empoignai plus fermement mon coutelas, dont la longue lame ne me paraissait plus aussi inquiétante.

Les coups redoublèrent et ébranlèrent le bois de la porte. Je positionnai la lame à l'endroit où j'estimais situer mon cœur. Des planches volèrent en éclats. Ils utilisaient un bélier ! Par les interstices qui s'agrandissaient, j'entrevis des silhouettes sombres massées sur le palier. Je me dépêchai d'exercer une brusque secousse sur le manche. Une douleur, que je commençais à connaître, me déchira la poitrine et tout s'éteignit.

CHAPITRE 7
DES PETITS NIDS D'AMOUR

Je dus recommencer plusieurs fois mon rituel de déménagement corporel, les résurrections successives ne m'ayant mené qu'à des enveloppes qui ne me convenaient pas. C'est incroyable le taux de mortalité qu'il peut y avoir chez les vieillards et les enfants. Je tombai même sur un paraplégique. Il me fallut un jour complet avant d'atteindre des capacités physiques suffisantes, trouver une occasion de fausser compagnie à mes aides-soignants et pouvoir accomplir mon suicide « astral ».

Certes, j'avais bien constaté lors de ma première résurrection que mes facultés me permettaient de réparer des lésions inimaginables. Pour autant, le souvenir de cette longue nuit de reconstruction crânienne m'ôtait toute envie de me lancer à nouveau dans un chantier d'une telle ampleur.

Au septième essai, je tirai enfin le gros lot. Un culturiste. Quand j'ouvris les yeux, un camarade était penché au-dessus de moi, l'air inquiet. La scène m'était désormais familière. Je regardai autour de moi : pas de barre d'haltère m'écrasant la gorge ou la cage thoracique. Probablement un accident vasculaire cérébral lié aux stéroïdes ou aux autres merdes dont le colosse avait dû saturer son corps.

J'expliquai au type de la salle de sport, que ça irait, que je n'avais rien et que surtout je ne déposerais pas plainte contre lui. Ce fut uniquement grâce à ce dernier argument qu'il me laissa partir.

Dans les vestiaires, je perdis dix bonnes minutes à m'admirer, à l'instar de tous les narcissiques accros à la musculation. Je me demandai si certains se masturbaient en se regardant dans un miroir.

Personnellement, j'étais aux anges. Mon corps était idéal, avec seulement deux légères tares physiques, que j'espérais provisoires. La première était l'ouïe, la plupart des adeptes de culturisme ayant pour objectif la surdité, poussant la musique à fond en même temps que la fonte. La deuxième était la libido. J'allais mettre du temps à évacuer de mon corps toutes les saloperies ingurgitées pendant des années et qui rabaissaient mon envie au niveau de celle de mon corps précédent de vieillard. Mais ce n'était pas la priorité : j'allais enfin pouvoir mettre la raclée à tous ceux qui me cherchaient des noises depuis plusieurs jours.

Nous étions en milieu d'après-midi, mais j'ignorais combien de jours exactement j'avais perdu avec mes essais corporels. Je me pressai vers la Statue de la Liberté, cette fois à une vitesse normale. Je ne trouvai pas immédiatement mes associés. Un couple se bécotait sur un banc, mais les silhouettes ne correspondaient pas à celles de Miss Monde et Schwarzy. Sans parler du côté improbable d'un tel rapprochement. Une vieille aux vêtements ternes donnait à manger à des pigeons tout aussi ternes. Un groupe s'exerçait au tai-chi, tandis que six ou sept enfants tapaient dans une balle en s'évertuant tout à la fois à éviter la Seine et à viser les pigeons que nourrissait la vieille.

J'étais déçu par le manque de constance de mes camarades. Je me rassurai en me disant qu'ils ne devaient venir que ponctuellement dans ce square. Y rester toute la journée les aurait rendus repérables. Je remontai sur le pont, afin de trouver un endroit discret d'où épier leur venue.

Je croisai une jolie blonde décolorée, accoudée au parapet. Elle me fixa intensément tandis que je m'approchais. Je me rengorgeai : mon physique d'Apollon faisait déjà tourner les têtes. Au moment où je la dépassais, elle abandonna sa pose de starlette et se mit à marcher juste derrière moi. Je n'en revenais pas de l'effet d'attraction que j'exerçais soudain sur la gent féminine environnante.

Je parcourus les quais, à la recherche d'un café depuis lequel j'aurais pu surveiller l'île. J'entendais toujours les pas de la blonde derrière moi. Cela commençait à me préoccuper. Et si le magnétisme qui se dégageait de moi était tellement intense qu'il provoquait une réaction imprévue, primitive, animale ?

Pour en avoir le cœur net, je pénétrai dans une rue peu animée perpendiculaire aux quais. Les pas me suivaient toujours. Je ralentis, puis fit volte-face.

Et je restai interdit : la blondasse braquait sur moi son téléphone et avant d'avoir l'idée de lever les mains pour me protéger, un flash jaillit. À moitié aveuglé, je pris rapidement une posture de défense, prêt à vendre chèrement mon corps. Mais au lieu de me sauter dessus la fille consulta son écran et poussa un soupir de soulagement.

— Ouf, c'est bien toi. La renaissance s'est bien passée ?

Comme souvent depuis le début de cette histoire, je n'y comprenais rien.

— Hein !?

Ma réplique préférée… L'autre s'impatienta.

— Alors, c'est pour aujourd'hui ou pour demain ?

Comme je ne réagissais pas, elle insista :

— Tu me reconnais pas ?

Elle jeta un regard aux deux extrémités de la rue, constata qu'il n'y avait personne et souleva un coin de sa chevelure blonde. Une perruque ? J'étais un peu déçu, mais ne saisissais toujours pas ce qu'elle me voulait.

— Tu me reconnais maintenant ? C'est moi, bordel ! L'escort que t'as pas payée !

J'écarquillai des yeux de crétin, totalement adaptés à mon nouveau corps.

— Merde, c'est toi !? m'écriai-je.

— Chut ! me réprimanda-t-elle. T'es pas bien de crier comme ça ?

Elle regarda à nouveau autour d'elle.

— Ne traînons pas ; on ne sait jamais.

Elle m'empoigna le bras. Enfin, pas vraiment. Compte tenu des biceps que je me payais désormais, elle aurait plutôt eu besoin d'utiliser ses deux mains si elle avait voulu faire le tour de mon bras. Je gloussai de satisfaction. Comme si elle lisait mes pauvres pensées, elle leva les yeux au ciel, mais ne dit rien.

*
* *

Nous nous dirigeâmes vers le nord. Le trajet fut entrecoupé par de multiples coups d'œil paranoïaques autour de nous et même des arrêts devant des vitrines de magasin pour utiliser le reflet afin de nous assurer que personne ne nous suivait.

Schwarzy avait dû la contaminer. Nous finîmes notre voyage près du Trocadéro, dans un hôtel, prétendument trois étoiles mais qui en réalité n'en valait guère plus d'une.

Le gars à la réception, en survêtement bleu sale, nous jeta un regard comme si nous montions pour une passe. Peut-être connaissait-il déjà Miss Monde. Mais il se détourna rapidement pour suivre sur son écran de télévision une émission mal traduite sur de grosses cylindrées américaines.

La chambre, au troisième étage, était petite, sombre et sentait le renfermé. Je sifflai entre mes dents.

— Dites-donc ! C'est coquet par ici.

— C'est bon ; lâche-moi, cracha la bimbo.

— Non, mais sincèrement : vous n'auriez pas pu trouver mieux comme petit nid d'amour, Schwarzy et toi ?

Elle s'assit sur la chaise attenante à un petit bureau bancal. Dans l'exiguïté de la chambre, je n'avais que le lit pour m'installer. On aurait dit que c'était moi l'escort, confrontée à un client indécis.

— Le fait est que ton copain bodybuildé à la cervelle de moineau n'a jamais mis les pieds dans cette chambre, soupira-t-elle en glissant ses doigts sous sa perruque.

— Vous faites chambre à part, c'est ça ? ricanai-je.

— Non, je veux dire par là qu'il n'est même jamais venu dans cet hôtel.

— Pas assez classe pour vos amours ?

Le regard que me lança la bimbo me dissuada d'en rajouter.

— La dernière fois que nous nous sommes vus, c'était en sortant de ton appartement quand tu étais encore un vieillard. Avant ce soudain rajeunissement. Nous sommes allés prendre un café – enfin, lui, il a pris une bière évidemment. Histoire d'évacuer la pression et l'angoisse que tu nous avais foutues. Et je ne l'ai plus revu depuis.

Elle finit de retirer sa perruque de blondasse et la lança sur le lit. Je m'éloignai légèrement de ce morceau artificiel de partie corporelle.

— Comment ça se fait ? demandai-je en examinant l'accessoire capillaire avec un sentiment de dégoût.

— Il m'a plantée direct. Et n'a plus donné signe de vie. Je pensais le retrouver au square de l'île des Cygnes comme prévu, mais rien. Aucune trace de lui. En même temps, ce n'est pas étonnant qu'il se planque, vu qu'on est recherchés dans toute la ville.

— Quoi !?

Elle ne me répondit pas tout de suite, se leva et défit le chignon de ses vrais cheveux. D'une secousse, elle les fit cascader jusqu'à la cambrure au bas de son dos. Une brusque bouffée de désir inattendu m'assaillit. Je la contins péniblement. La bonne nouvelle était que mes performances surhumaines accéléraient la récupération de ma libido. La mauvaise était que je ne risquais pas d'assouvir cette dernière de sitôt.

Elle attrapa sur la table la télécommande et me la lança.

— Allume la télé, dit-elle en se disparaissant dans la salle de bain. Tu ne devrais pas tarder à être mis au courant. C'est un peu grâce à toi…

Sur une des chaînes d'informations en continu, je ne tardai pas à comprendre ce qu'elle avait voulu dire. Le rappel des titres commençait par un fait divers : le meurtre abject d'un vieillard solitaire dans son appartement. Une improbable caméra de surveillance située à un carrefour m'avait enregistré, traînant mes chaussures et mon corps de Mathusalem, avec mes deux camarades qui me filaient le train et préparaient leur sale coup. Du moins, c'était l'interprétation de la police, reprise par les journalistes. Un quart d'heure plus tard, ils repassaient, en grande discussion, seuls et entraient dans un café, logiquement celui où Miss Monde m'avait dit être allée avec Schwarzy.

La police n'avait pas eu de difficultés pour trouver les traces de leur présence dans mon appartement. Pour elle, comme pour toute la ville, l'implication des deux individus dans l'odieux crime qui avait été commis ne faisait pas l'ombre d'un doute. Apparemment, il n'y avait pas de caméra sur le chemin que j'avais emprunté lors de mon escapade pour acheter l'arme du crime. Ou alors la police n'avait pas encore mis la main dessus.

— Alors, tu en penses quoi ? demanda la bimbo en sortant de la salle de bain, accompagnée d'un nuage de vapeur.

Elle n'était enveloppée que d'une large serviette éponge qui avait le mérite – ou l'inconvénient, selon le point de vue – de tout cacher en laissant tout deviner. Quand elle passa devant moi pour se rendre au placard dans lequel se trouvaient ses vêtements, je constatai que sa peau mate et satinée était encore emperlée de gouttes d'eau. Je dus me retenir pour ne pas me mettre à les lécher, arracher la serviette par la même occasion et jeter Miss Monde sur le lit. Comme si elle avait deviné mon trouble, elle me lança un regard soupçonneux.

— Retourne-toi, le temps que je me change.

J'affichai un sourire hypocrite.

— Tu oublies que je t'ai déjà vue toute nue. D'après tes allégations.

— Techniquement, ce ne sont pas ces yeux actuels qui m'ont vue à poil. Et de toute manière, tu es toujours débiteur de la prestation. Retourne-toi.

J'obtempérai sans insister.

— Donc, ça fait deux jours que tu te planques ? demandai-je au mur en face de moi.

— Je n'ai pas vraiment eu le choix, me répondit la voix de la bimbo dans mon dos. Je loue une cave du côté de

République pour y entreposer quelques affaires. Je m'y suis précipitée dès que j'ai vu ma tronche à la télé. J'ai pu y récupérer des perruques, des vêtements et un peu d'argent…

— Tu avais des perruques dans une planque ? Toi aussi, tu as regardé trop de films d'espionnage.

— Rien à voir. Tu ne peux pas imaginer les exigences de certains clients…

Je restais pensif, m'imaginant des choses en contemplant la paroi anonyme et en entendant le froufrou des vêtements qu'enfilait Miss Monde.

— Quant à ton collègue culturiste, s'il n'a pas été pris jusqu'à présent, c'est qu'il doit faire la même chose quelque part en ville.

— Et du coup, on fait quoi, maintenant ?

— Déjà, on va quitter cet endroit. Ça fait trop longtemps que j'y suis. Ça devient dangereux. En plus, je commence à être à court de fric. C'est bon tu peux te retourner.

Elle portait une tenue hétéroclite, avec un anorak informe en haut, un pantalon tellement moulant qu'on aurait pu voir une pièce de monnaie dans sa poche et des cuissardes qui remontaient jusqu'à mi-cuisse.

— Un peu bizarre ta tenue, non ?

— Dans ma cave, je n'y mets que mes affaires de ski et celles que j'utilise pour les prestations tarifées. Ça donne forcément des mélanges bizarres. Bon, on y va ?

Elle commença à enfourner ses rares affaires dans un grand sac de voyage.

— Et on va où ?

— Chez toi. Où tu veux qu'on aille ?

— Tu veux t'installer chez moi ?! Me réclamer de l'argent ne te suffit pas ?

— Abruti, ce sera plus discret que d'être à l'hôtel. Et puis je n'emménage pas avec toi : je me planque chez toi. Nuance.

N'oublie pas que c'est à cause de toi que nous sommes dans cette merde.

— Hum.

— Bon, je suis prête. C'est où chez toi ?

— Euh, j'en sais rien.

Pour la première fois depuis le début de cette histoire, je n'avais pas commencé par étudier qui j'étais, ni où j'habitais. J'avais été tellement content de tomber sur le type de corps que je désirais que je n'avais pas pris le temps de faire les vérifications de base. Tout en fouillant dans mon propre sac que j'avais malgré tout pensé à prendre en quittant la salle de sport dans laquelle je m'étais réveillé, je lâchai une excuse pourrie :

— Je me suis dépêché parce que nous avions déjà perdu plusieurs jours.

— Ou alors, avec tes muscles surdéveloppés tu deviens aussi intelligent que ton copain. Remarque, c'est pas étonnant : il y a pas suffisamment de sang pour irriguer à la fois les muscles et le cerveau.

Je résistai à l'envie de lui en coller une et, ayant trouvé mon portefeuille, sortis de la chambre pendant qu'elle rajustait sa perruque blonde.

*

*　　*

Le soir tombait. Nous prîmes le métro pour rejoindre la Place de Clichy. Mon nouveau domicile se trouvait dans un vieil immeuble organisé autour d'une petite cour que nous traversâmes. Après avoir monté un escalier bringuebalant en bois, nous accédâmes à un deux-pièces dont les fenêtres donnaient sur le mur aveugle d'un autre immeuble à cinq mètres de distance à peine. Je regrettais mon loft à Bercy.

Le séjour s'organisait autour d'un coin cuisine, de deux canapés convertibles et d'un inévitable écran plat. Dans la chambre, on n'y trouvait qu'un lit futon, qui paraissait assez inconfortable, des placards et des haltères.

— On s'organise comment ? demanda Miss Monde.

— Toi, tu fais comme tu veux, mais moi je dors dans mon lit.

— Il est hors de question que je dorme avec toi !

— Pas grave. T'as des canapés dans le séjour.

— Tu devrais me laisser le lit. Tu n'es pas un vrai gentleman.

— Ni toi une vraie demoiselle, vu ton boulot. Donc, on est quitte.

Nous consacrâmes l'heure suivante à nous installer et dîner, en essayant de ne pas trop nous faire la gueule. Ce qui ne fut pas facile. Nous y parvînmes malgré tout et une fois les tâches ménagères évacuées, nous nous installâmes sur les canapés, en veillant à un maximum de distance entre nous.

— Bon, du coup, qu'est-ce qu'on fait ?

Je posai la question après m'être brûlé la langue avec une gorgée de café, que nous buvions à défaut d'autre chose. J'avais cherché partout un bourbon ou un cognac à siroter après le dîner. En vain.

L'ancien propriétaire du corps que j'occupais s'imposait visiblement une hygiène de vie stricte de laquelle l'alcool et la graisse étaient bannis. Ce qui ne l'avait pas empêché de passer précocement l'arme à gauche. Le cholestérol aurait peut-être été préférable aux stéroïdes…

— Ça me fait mal au cul de le reconnaître, mais à deux seulement je ne crois pas qu'on fasse le poids. Il faudrait commencer par remettre la main sur ton camarade bodybuildé.

— Oui, mais comment ? Si tu dis qu'il ne vient même plus au point de rendez-vous prévu, je ne vois pas comment on pourrait le retrouver dans une ville comme Paris.

La bimbo se gratta la gorge et hésita avant de répondre :

— En fait, il y aurait peut-être un moyen…

Elle s'interrompit, voulant certainement piquer ma curiosité et que je quémande la solution si intelligente qu'elle avait trouvée et à laquelle je n'avais pas pensé. Naturellement, je refusai de lui accorder un tel plaisir et restai tranquillement à attendre et à souffler sur mon mug. Elle céda la première.

— J'ai remarqué la dernière fois qu'on l'a vu qu'il n'arrêtait pas de tripoter son téléphone portable.

Elle s'interrompit à nouveau et je résistai derechef à lui poser la question qui comme le café me brûlait les lèvres.

— On pourrait localiser son téléphone.

Là, il me fut impossible de ne pas céder à la tentation.

— Comment tu pourrais faire ? Et tu connais même pas son numéro de téléphone. Si ?

— Non, mais je peux le trouver par corrélation. Par exemple, en listant les numéros qui étaient présents dans le square de la Statue de la Liberté et dans l'immeuble du vioque le jour où tu t'es suicidé. M'étonnerait qu'il y en ait un autre que le sien qui corresponde.

J'en oubliai de souffler sur mon mug.

— Tu peux faire ça ? Tu sais faire ça ? précisai-je.

Elle acquiesça.

— En fait, je suis consultante en informatique. Et je suis plutôt bonne dans mon domaine.

— Ah bon, je croyais que tu étais…

Et aussi qu'elle devait probablement être très bonne dans ce domaine-là également.

— Pff. T'es vraiment d'une connerie inégalable, me cracha-t-elle avec dédain. Je fais escort de manière occasionnelle. J'ai une vraie vie en parallèle.

Je trouvai étrange l'expression utilisée : « une vraie vie en parallèle ». Comme si coucher avec des inconnus pour de l'argent pouvait être moins réel que passer ses journées devant un écran d'ordinateur. Je gardai mes questionnements pour moi.

— Tu penses y arriver ?

— Bien sûr : je suis assez forte !

Je ne la regardai plus pareil. Jusqu'à ce moment-là, j'ignorais même qu'elle avait un « vrai » travail dans la « vraie » vie.

— On s'y met maintenant ?

— Non, je n'aime pas travailler devant un écran la nuit et je suis fatiguée. Je m'y mettrai demain.

Au moment d'aller nous coucher, j'hésitai.

— Tu sais, euh, si tu es fatiguée et que tu préfères le lit, il n'y a pas de souci.

— Tu peux te le garder : il a pas l'air confortable. Je préfère rester sur un des canapés.

Ça m'apprendrait à être sympa. J'étais sur le pas de la porte quand elle ajouta avec un sourire sincère :

— Mais merci d'avoir proposé.

CHAPITRE 8

INTERROGATOIRE CHAMPÊTRE

Le lendemain, nous nous mîmes tôt au travail. Enfin, l'informaticienne-escort-à-ses-heures-perdues s'y mit. Et elle me fit parfaitement comprendre qu'elle n'avait pas besoin de m'avoir dans ses pattes. Évaporé, le sourire de la veille.

Pendant qu'elle lançait sur un ordinateur – qu'elle avait amené avec ses perruques – des programmes auxquels je ne comprenais rien, je me consacrai donc à chercher des détails sur la vie de mon nouveau corps d'emprunt.

J'appris que j'étais chauffeur de taxi, quand je ne passais pas mon temps à pousser de la fonte. Je regardai la carte d'abonnement de la salle de sport avec contrariété : je demandais si conserver ce corps pour lequel j'étais tellement enthousiaste signifiait passer des heures sans réfléchir à répéter encore et encore les mêmes mouvements. Si c'était le cas, cela allait me contrarier et j'en vins déjà à m'imaginer passer d'un corps à un autre pour profiter des caractéristiques de chacun d'eux sans avoir à m'astreindre à de telles occupations.

Au cours de mes recherches, je découvris aussi qu'à l'instar de la bimbo, mon prédécesseur corporel se consacrait à un « faux » travail dans une « fausse » vie en parallèle : très concrètement, il revendait des comprimés dopants interdits. J'en retrouvai un stock impressionnant dans un placard, accompagné d'un carnet où étaient notés les contacts des fournisseurs et des clients et toutes les transactions. Le genre de document dont la police raffole lorsqu'elle démantèle un réseau. Se trouvaient aussi dans le même placard, d'importantes liasses de billets, qui représentaient vraisemblablement les produits des dites transactions et qui furent les bienvenues, tant Miss Monde et moi en avions besoin pour mener une vie de plus en plus clandestine.

Je pris une des liasses, la partageai en deux tas égaux et en déposai un à côté de l'ordinateur de la bimbo. Celle-ci empocha les billets sans rien dire. Je ne sus pas si cela venait solder notre différend commercial. Probablement pas. Je supputais même qu'il ne le serait jamais. Peu importe l'argent que je pourrais lui donner, s'il ne s'accompagnait pas de plusieurs génuflexions, demandes de pardon, voire flagellations, il n'y aurait pas d'absolution possible.

Nous déjeunâmes de plats cuisinés que j'avais achetés au supermarché du coin, agrémentés d'une bouteille de vin rouge. Elle ne cessa de fixer son écran pendant tout le repas, maugréant de temps à autre. Après l'enthousiasme du début, je commençais sérieusement à douter des capacités de Miss Monde ou au moins de la réussite du projet. Je devins légèrement acariâtre et m'installai devant la télévision, n'ayant rien de mieux à faire.

Aussi, quand j'entendis un « c'est bon ! », je ne percutai pas tout de suite. Elle dut en lancer un deuxième, pour que je détourne mes yeux du téléviseur.

— Hein ?

— J'ai localisé ton pote décérébré, fit-elle avec un brin d'exaspération.

Je la rejoignis, sceptique, devant son écran.

— J'ai mis un peu de temps, car je ne connaissais pas son opérateur téléphonique. J'ai donc dû en essayer plusieurs.

Sur l'écran, un plan de Paris affichait un point clignotant rouge associé à un numéro de portable.

— T'es sûre que c'est lui ?

— Certaine, répondit la bimbo en sirotant un reste de vin dans son verre. C'est le seul numéro qui le jour de ton suicide se trouvait dans le square de la Statue de la Liberté puis dans ton immeuble aux heures où nous y étions.

Le point se situait au fond d'une impasse du XXe arrondissement.

— Qu'est-ce qu'il fout là ?

— Probablement se planquer pour ne pas se faire choper par les flics.

Je tardai à reprendre la parole : le point rouge palpitant me captivait. Je finis par cligner plusieurs fois des yeux.

— Bon, on y va ?

—Tu veux y aller maintenant ? C'est presque le soir.

— Tu as quelque chose de mieux à faire ?

*
*   *

Nous roulions dans un labyrinthe de ruelles situé au nord-est du Père Lachaise. Heureusement, les chauffeurs de taxi actuels ne connaissent plus les rues de la capitale et mon véhicule disposait donc d'un GPS. Même ainsi, trouver l'impasse dans laquelle s'était réfugié Schwarzy représenta une réelle gageure.

La chaussée était recouverte d'immondices. Un vieil entrepôt, visiblement désaffecté, occupait le côté droit. Les rares voitures qui s'y trouvaient étaient garées sur les trottoirs. Certaines n'avaient plus de roues et reposaient sur des parpaings. Nous étions assez loin des images de cartes postales de Paris et plus proches des scènes de mauvais téléfilms dans lesquels les héros se jettent dans la gueule du loup. Nous décidâmes malgré tout de nous y engager.

Je roulai au pas le plus discrètement possible jusqu'au fond. Dans les immeubles sales qui s'élevaient sur le côté gauche de la ruelle, plusieurs fenêtres étaient éclairées en ce début de soirée. À défaut d'être surcotés sur le marché immobilier parisien, les bâtiments, pour la plupart de quatre étages, étaient occupés. Par quelle faune, cela était une autre question.

Je manœuvrai la voiture pour la garer sur le trottoir – autant s'adapter aux coutumes autochtones –, dans le sens de la sortie – prêts à partir – et juste en face de l'entrée de l'immeuble dans lequel était supposé se trouver Schwarzy. Du moins son portable. Nous espérions aussi que la police n'avait pas fait les mêmes déductions que nous et ne nous avait pas pris de vitesse.

Nous pénétrâmes dans le bâtiment, qui ne disposait ni de digicode ni d'interphone, et grimpâmes le plus précautionneusement possible un vieil escalier peu entretenu. Dans ce bâtiment, les uniques fenêtres éclairées étaient celles du troisième étage. Arrivés devant la seule porte du palier, nous nous immobilisâmes et je toquais avec circonspection.

J'entendis un déplacement et après une hésitation, la porte s'entrouvrit légèrement. Une fois de plus, des réflexes que je ne soupçonnais pas prirent le contrôle de mon cerveau. Une fraction de seconde après avoir aperçu un morceau de cuir marron et une chevelure brune, j'enfonçai la porte d'un coup d'épaule violent. Celui qui venait de m'ouvrir la reçut en plein visage et bascula vers l'arrière, lâchant le pistolet qu'il tenait à la main. Il eut à peine le temps de se redresser que je le frappais d'un crochet qui le laissa assommé sur le sol.

La bimbo, rapide comme l'éclair, avait déjà fait main basse sur le pistolet. À la petite table qui garnissait la salle de séjour, Schwarzy était resté assis, la bouche bée et les yeux écarquillés. Pour une fois, ce n'était pas moi qui avais l'air demeuré.

— Magne-toi ! Viens nous aider ! m'exclamai-je.

Il se secoua enfin et se jeta sur les fils électriques d'une lampe de salon qu'il arracha et avec lesquels il ficela promptement les poignets et les chevilles de l'inconnu qui en fait n'en n'était pas un.

— Je le reconnais ! C'est un des gars en blouson de cuir qui ont déboulé quand nous voulions tendre une embuscade à ceux en costard, constata Miss Monde.

— Et qui avaient aussi déboulé chez moi la fois où je me suis enfui, confirmai-je.

La façon dont mon cerveau avait immédiatement reconnu le type en une milliseconde et apercevant uniquement quelques détails à travers la fente infime de la porte entrouverte était sidérante.

— Il m'a surpris il y a cinq minutes, maugréa Schwarzy en achevant de serrer les liens. Il m'a affirmé qu'il était de la police.

Je le fouillai et retirai un badge de police d'une des poches intérieures de son blouson.

— Par l'hémoglobine de Mithra ! Comment ils ont fait pour me retrouver ?

— Probablement de la même manière que nous, dit la bimbo.

— Il faut rapidement décarrer d'ici. Aide-moi, fis-je à Schwarzy en prenant le policier sous les aisselles.

— Tu veux en faire quoi ? demanda le colosse en soulevant les pieds du pantin.

— L'amener à la voiture pour l'interroger plus tard.

— Ah. Ça m'étonnait aussi que tu veuilles le dézinguer.

— En effet, reconnus-je pendant que nous descendions notre paquet par l'escalier étroit. Nous ne flinguerons personne. De toute manière, nous avons besoin de réponses.

Je jetai un coup d'œil à la ruelle avant de sortir le corps. Inquiétude superflue. Personne ne semblait se soucier de ce qui pouvait arriver chez le voisin. Chacun ses problèmes.

— C'est pour ça que je me suis planqué ici, me confirma Schwarzy pendant que nous mettions le gars dans le coffre de la voiture. Je pensais bien être peinard.

— En parlant de ça, insista Miss Monde. Il faut décamper fissa si on ne veut pas être ici quand ses collègues vont débarquer.

— Oui, il a d'ailleurs appelé des renforts peu de temps avant votre arrivée.

— C'est maintenant que tu nous le dis !

— Hé, se justifia le colosse. Vous m'avez pas trop laissé le temps !

— Bon, alors on se dépêche de dégager, tranchai-je.

Schwarzy remonta chercher quelques affaires, pendant que la bimbo palpait les poches du policier.

— T'es en train de le peloter ou tu cherches réellement quelque chose.

Elle me lança un énième regard noir.

— Abruti !

Elle retira le téléphone du flic et le jeta dans une bouche d'égout. Peu de temps après, Schwarzy arriva avec une valise qu'il lança sur la banquette arrière.

— Qu'est-ce que tu as fait de ton portable ? lui demanda Miss Monde.

— Je l'ai jeté à l'instant dans les chiottes avant de redescendre. Pourquoi ? Il fallait pas ?

— Si, bafouilla un peu surprise la bimbo qui manifestement ne s'attendait pas à autant de présence d'esprit de la part de notre complice. Si, c'est bien : c'est justement ce qu'il fallait faire.

Je pris le volant, tandis que des sirènes se faisaient déjà entendre au loin. Miss Monde s'assit à la place du mort, Schwarzy sur la banquette et nous nous engageâmes promptement dans le dédale des ruelles de Belleville. Le hurlement des sirènes s'amplifiait sans que nous parvenions à déterminer de quel côté elles venaient. Au lieu de continuer en aveugle, je stoppai et baissai les vitres pour tenter de nous orienter.

— Ça vient de la droite ; prends à gauche, m'ordonna Miss Monde.

J'obtempérai et me retrouvai devant un sens interdit. Les sirènes se rapprochaient. Sous le coup de la panique, la bimbo se tourna vers Schwarzy :

— T'aurais pas pu nous prévenir que c'était un contresens !? l'accusa-t-elle avec une réelle mauvaise foi.

— Tu m'as pas demandé mon avis, se défendit le colosse. Et puis je faisais pas de tourisme dans le quartier : je me planquais. J'ai même pas de voiture, alors les sens interdits tu penses bien à quel point j'en n'avais rien à carrer. Par la morue avariée de Poséidon !

— Je t'ai déjà dit d'arrêter avec ces jurons débiles, fis-je en écrasant l'accélérateur.

Nous remontâmes la rue à toute vitesse.

— Putain ! Tu fais quoi ? demanda la bimbo.

— Un truc que m'a appris notre compagnon de derrière, fis-je en désignant Schwarzy du pouce.

L'intéressé se marra. Sans ses lunettes noires, je voyais dans le rétroviseur ses deux yeux rouges luminescents. Ça faisait bizarre de voir comme des feux de freinage derrière soi au lieu des feux de croisement d'un autre véhicule.

Encore une fois, nous parvînmes miraculeusement au bout de la rue, sans percuter personne.

— Prends à gauche ! À gauche ! insista Miss Monde qui avait gardé sa vitre ouverte et penchait la tête au-dehors pour localiser les voitures de police.

Cette fois, la rue était dans le bon sens. Après avoir accéléré, j'écrasai subitement le frein. Les pneus crissèrent ; la valise de Schwarzy percuta mon siège ; les ceintures se bloquèrent. Je craignis un déclenchement de l'airbag. Mon taxi s'immobilisa dans la ruelle, tandis qu'une odeur écœurante de caoutchouc brûlé saturait l'air.

— Merde ! Qu'est-ce que tu fous !? s'énerva la bimbo.

Sur la banquette, le colosse égrenait tous les jurons qui lui passaient par la tête. Je ne savais pas quoi leur répondre. Une intuition. Un réflexe. Une fois de plus. Une poignée de secondes après avoir pilé, une file de voitures de police toutes sirènes hurlantes passèrent devant nous dans la rue perpendiculaire. Apparemment, elles contournaient notre position, en respectant quant à elles les sens interdits.

Nous redémarrâmes dès que nous estimâmes le danger suffisamment éloigné. Le labyrinthe nous mena jusqu'à une grande artère dans laquelle nous nous engouffrâmes en direction de l'est. Anonymes au milieu de la circulation, nous pûmes respirer.

— Bon, tu nous racontes ce que tu as foutu pendant tout ce temps ?; demandai-je à Schwarzy.

— T'en as de bonnes : je me suis planqué, tiens. Après ton idée à la con de vieillard sénile, on s'est retrouvés avec nos tronches placardées partout et la moitié des poulets de la ville au cul. Je devais donc trouver un moyen de me mettre au vert. Or, depuis que j'ai atterri dans cette vie de gérant de salle de sport, j'en ai vu passer des gars interlopes. Ils sont pas très regardants à partir du moment où tu files le pognon nécessaire. Du coup, j'ai réussi à trouver cette planque où je pensais être tranquille, le temps de réfléchir à la manière de m'en sortir.

— Et alors, à force de réfléchir, tu as trouvé quelque chose ? railla Miss Monde.

— Ben non, admit Schwarzy, toujours aussi désarmant de sincérité. Et puis, ce soir, il y a ce flic qui s'est radiné. Je sais pas comment il m'a trouvé, mais c'est pas trop dur à deviner. La loyauté de ceux qui hébergent des mecs en fuite est rarement une valeur absolue. En tous cas, le poulet est venu vérifier l'information et a appelé ses collègues. C'est à ce moment-là que vous êtes arrivés.

— De vrais *dei ex machina*, quoi, ironisai-je.

— Non, rien à voir avec des machines. Plutôt comme la cavalerie à la fin des westerns.

Je soupirai et pris le boulevard périphérique vers le sud.

— Et vous ?

Nous lui contâmes nos propres péripéties.

— Mince, par les pets tonitruants de l'enchanteur Merlin ! J'y crois pas. Vous avez piraté mon portable ! Sympa, l'intimité !

— Hé, le bouledogue ! réagit Miss Monde. Premièrement, on a simplement regardé où tu te trouvais actuellement. Alors, déstresse. Deuxièmement, grâce à ça, on t'a sauvé des griffes des flics. Va falloir te montrer plus reconnaissant !

— C'est bien beau de vous poser en sauveurs d'anciennes machines, mais du coup, c'est quoi le plan ? Parce que vous en avez un, non ?

Il nous regarda tour à tour. La bimbo, elle, me regarda moi. Je pris la sortie Porte Dorée.

— D'abord, il nous faut des réponses. Et le paquet de volaille qui se trouve dans le coffre peut nous les apporter. Il doit bien savoir quelque chose.

— Alors le plan, c'est d'aller l'interroger chez toi ?

— Non, mon quartier est trop passant : impossible de trimballer discrètement notre gars ficelé.

Je pris la direction du Bois de Vincennes.

— Aller découper un flic dans les bois. Je pensais pas te voir changer à ce point. Ça me plaît ! s'amusa Schwarzy.

— Ta gueule !

Il ne dit plus rien jusqu'à l'arrêt de la voiture. Je choisis une zone à l'écart, mais pas trop lointaine d'une des routes principales. La nuit tombée et des troncs denses nous masquaient à la vue des rares véhicules qui y circulaient.

*

*   *

Nous sortîmes le policier du coffre. Il était revenu à lui et ouvrait de grands yeux. J'éprouvai une sorte de plaisir malsain à sentir cette inquiétude. Nous le traînâmes sur cent mètres et le jetâmes sur le sol, le dos contre un gros arbre.

— Alors, comment on procède ? demanda la bimbo.

— Je peux commencer par lui casser les rotules. Ça fait toujours son petit effet, proposa Schwarzy en se frottant les mains.

Le policier se trémoussa en essayant de tirer sur ses liens. Cela m'énerva de voir que Schwarzy s'immisçait. Aussi, je décidai de prendre l'initiative : je tins le flic par le col et lui assenai une formidable gifle.

— Pourquoi vous êtes après nous ?

126

Je le giflai à nouveau. Une fois. Deux fois.

— On veut des réponses.

Une troisième fois. Ses joues commençaient à devenir écarlates.

— Donnez-nous des réponses ! Vous allez finir par parler, oui !?

— Euh, tu sais, il arrivera peut-être à te répondre si on lui enlève le bâillon, fit remarquer assez pertinemment Miss Monde.

Je repris mes esprits.

— Bon, oui. D'accord. Vas-y. Enlève-le lui.

Le policier fit quelques mouvements de ses maxillaires pour faire disparaître les crampes de sa mâchoire.

— Alors ! m'impatientai-je.

L'autre paraissait plus serein que je ne me l'étais imaginé.

— Vous m'enlevez ça ? tenta-t-il en nous tendant ses poignets ligotés.

Cela m'agaça encore plus.

— Tu es sûr que tu ne veux pas…, tenta Schwarzy.

— Non !

Schwarzy haussa les épaules.

— Bon, dans ce cas, je vais pisser un coup, alors.

— Quoi ? Maintenant ? s'insurgea Miss Monde.

— Ben quoi ? J'avais pris un chocolat chaud avec des biscuits avant que ce poulet ne vienne m'interrompre. Et on s'est barrés tellement vite que j'ai pas pu aller me vider la vessie.

Il s'éloigna en marmonnant et se perdit dans l'obscurité. Je repris mon interrogatoire.

— Alors ! Tu accouches ?

— Calmez-vous les gars, répondit l'autre d'une voix de basse. Vous savez, tout se passerait mieux pour vous si vous étiez plus coopératifs.

Miss Monde me poussa du coude :

— Dis, ce n'est pas toi qui aurais dû la dire, cette phrase ? demanda-t-elle d'un air faussement innocent.

Toujours prête à sauter sur une occasion de me ridiculiser, celle-là. Je crispai les dents : je ne menais pas l'interrogatoire. En fait, il m'échappait complétement. Je frappai le policier une nouvelle fois. Sans raison. Simplement pour me défouler. Cela me fit un bien fou.

— Vous allez finir par nous dire ce que vous nous voulez ?

— Vous ne le savez pas ? riposta l'autre en plissant les yeux.

Prêchait-il le faux pour connaître le vrai ?

— Ne jouez pas au plus fin. Dites-nous seulement la raison pour laquelle vous nous poursuivez.

— Pas de souci, mais pas ici et pas ligoté, exigea le prisonnier. Si vous venez au bureau…

— Et puis quoi encore !?

Au loin, des sirènes de police gémissaient. J'avais l'impression d'avoir passé la semaine à les entendre. Nouvelle baffe. Sans aucun effet sur l'impassibilité du poulet.

— Je vous le répète : il s'agit d'un énorme malentendu. On ne vous veut aucun mal. Vous seriez mieux avec nous qu'à…

La voix de Schwarzy s'élevant du sous-bois couvrit ses paroles :

— Faut se barrer ! La police arrive ! Par la barbiche de…

Le reste se perdit à son tour. Cette fois dans les glapissements des sirènes, qui s'étaient rapprochées sans que j'y fasse attention.

— Merde ! s'écria la bimbo. Qu'est-ce qu'on fait ?

— On se casse, évidemment !

— Et lui ? fit-elle en désignant notre ami attaché.

— Tu veux le tuer !? m'insurgeai-je.

— Mais non, l'emmener !

— Tout en courant ? Laisse tomber ! lançai-je en décampant déjà.

Nous nous précipitâmes vers le chemin forestier où nous avions laissé la voiture. Sur l'avenue, les gyrophares étaient déjà visibles et se rapprochaient rapidement. Nous nous engouffrâmes dans le véhicule comme si nous étions poursuivis par une horde de cannibales.

— Et ton copain, il est où ? demanda Miss Monde pendant que j'introduisais ma clé de contact et démarrais la voiture.

Nous jetâmes un regard alentour. Personne !

— Qu'est-ce qu'on fait ?

— Tant pis ! On ne peut pas attendre, répondis-je. Il connaît les consignes pour nous retrouver.

J'enfonçai l'accélérateur et la voiture bondit en avant sur la sente forestière. Je priais intérieurement pour que celle-ci ne finisse pas en cul-de-sac.

Je vis une masse sombre bondir hors des fourrés et je crus pouvoir récupérer Schwarzy au vol. Mais il s'agissait en fait de notre prisonnier qui avait réussi à se libérer de ses liens. Il s'écrasa contre l'aile avant gauche, en tentant de nous ralentir. Peine perdue : le rétroviseur le percuta et il virevolta jusqu'à atterrir dans le fossé.

Au sortir du bosquet, nous débouchâmes dans une autre avenue, vierge celle-ci de toute sirène ou gyrophare. Nous pûmes rejoindre le Périph' et nous glisser dans la circulation animée d'un vendredi soir. Nous ralliâmes la Place de Clichy. Sans un mot. Ambiance couple marié depuis quarante ans.

Une fois dans mon appartement, nous nous effondrâmes comme des loques sur les canapés. Pas longtemps.

CHAPITRE 9

En fuite

Je me levai aussitôt et commençai à fourrager dans les tiroirs et les placards. Je mis la main sur un sac de sport. C'est l'avantage d'occuper le corps d'un culturiste : on est sûr de rapidement trouver ce genre d'accessoire. J'entrepris d'y enfourner tout l'argent sale que j'avais trouvé plus tôt dans la journée.

Miss Monde me regarda faire comme on observe un chien courir après sa queue. Quelque chose entre la condescendance, l'amusement et le fatalisme.

— Tu fais quoi, là ? finit-elle par demander quand elle me vit glisser aussi des slips et des T-shirts dans le sac.

— Il faut se barrer d'ici.

Elle attendit un moment quelque explication supplémentaire, qui ne vint pas. Quand elle me vit ajouter des barres de céréales et deux bouteilles d'eau, elle consentit à revenir à la charge :

— Et tu comptes me dire pour quelle raison on doit décamper tout de suite ou c'est un secret ?

— Le flic qu'on a un peu bousculé tout à l'heure…

— Que tu as tabassé, précisa-t-elle.

— Oui, bon, si c'est un flic pas trop mauvais – et visiblement, il a réussi à trouver Schwarzy tout seul, donc ça ne doit pas être un nul – il aura repéré la plaque de ma voiture quand on l'a sorti et traîné jusqu'à l'arbre. Ou quand nous nous barrions après l'avoir laissé sur le bas-côté. M'étonnerait qu'ils tardent longtemps à remonter jusqu'au propriétaire de la bagnole et donc jusqu'à cet appartement.

Elle hocha la tête avec une moue pensive.

— Tu sais, tu me surprendras toujours. Là, je me sens comme devant une vedette de la télé-réalité qui tout d'un coup résoudrait une équation à plusieurs inconnues.

Elle n'attendit aucune réponse. Elle avait toujours une perruque blonde sur la tête. Elle y ajouta un foulard, qui pouvait tenir à la fois du voile religieux et du code vestimentaire tradi. Puis, elle prit son propre sac de voyage et se dirigea vers la porte de l'appartement.

— Raclure, marmonnai-je en lui emboîtant le pas.

Nous sortîmes prudemment dans la rue à l'affût de la séquence habituelle : hurlements de sirènes, crissements de pneus, claquements de portières et malabars en blouson de cuir ou la variante en costard. Une séquence que nous estimions avoir un peu trop vécue dernièrement.

Personne. Nous nous hâtâmes jusqu'au coin de la rue. Juste avant de tourner, je ressentis une sensation étrange. Je jetai un œil par-dessus mon épaule et distinguai une camionnette qui passait lentement à l'autre bout de la rue. Une idée incongrue naquit dans mon esprit. Une idée probablement erronée.

La bimbo, qui s'était engagée de quelques pas dans la rue perpendiculaire, revint vers moi.

— Un problème ?

— Non, rien. Nous verrons plus tard.

Nous nous pressâmes vers la station de métro la plus proche.

— Vu que tu es exceptionnellement en pleine phase de raisonnement lucide, tu proposes quoi maintenant ?

— Il faudrait trouver un point de chute, répondis-je en ignorant le sarcasme. Mais si on va à l'hôtel, on sera rapidement repérés.

— Et il commence à se faire tard. Ça va être difficile de trouver quelque chose d'ouvert. Une discothèque ?

— Bof. Pas très pratique. Mais où trouver un endroit ouvert toute la nuit, discret, où on peut s'asseoir le temps de réfléchir ?

— Je crois que je connais un coin comme ça. On va même pouvoir manger, fit Miss Monde avec un énorme sourire qui donna un air plus humain à sa mâchoire carrée.

*

*   *

Une demi-heure plus tard, nous étions attablés *Au Pied de Cochon* : une brasserie ouverte sans interruption, quelle que soient l'heure et le jour. Une véritable institution parisienne : le paradis des noctambules, des traînards, de la faune interlope de la capitale, des intellectuels bourgeois sortant des spectacles hors de prix. Notre asile, compte tenu de la situation peu favorable dans laquelle nous nous trouvions.

Nous avions commandé un demi de bière à la pression et un steak tartare chacun. Le garçon avait eu du mal à poser le plat de Miss Monde, qui avait déjà ouvert son ordinateur portable. Il s'était résigné à nous adjoindre la table vide voisine, tout aussi étroite que la nôtre.

— Comment on va faire pour retrouver Schwarzy cette fois, vu qu'il a jeté son portable ?

Elle haussa les épaules, autant en signe d'ignorance que d'indifférence, et avala un morceau de viande crue avant de pianoter sur son clavier.

— En parlant de Schwarzy, tu ne trouves pas qu'il est un peu bizarre ces temps-ci ?

Je haussai un sourcil interrogateur.

— Ah, parce que tu trouves que d'habitude il est normal ? Et, ajoutai-je, tu penses que dernièrement tu l'as vu suffisamment longtemps pour te faire une opinion ?

— C'est pas ça, mais par exemple le fait de se planquer et de ne pas venir au point de rendez-vous. Comme s'il avait voulu nous éviter.

— Je te rappelle que toute la préfecture de police de Paris vous recherche. Si tu n'avais pas eu ton jeu de cheveux postiches, tu ne serais pas ici en train de dîner tranquillement, même avec un foulard sur la tête.

Mais la bimbo ne paraissait pas convaincue.

— Et cette manie avec son portable comme si c'était le centre du monde.

— Tu essaies de me dire quoi, là ?

— Qu'il n'est peut-être pas aussi clair qu'on le pense.

— Moi aussi, au début, j'ai eu des doutes. Mais sans lui, on aurait déjà été capturés et on serait en train de subir des sévices sexuels dans une quelconque prison.

— Justement, comment il fait pour en savoir autant ?

— Merde, si on commence à se soupçonner les uns les autres, on s'en sortira pas.

Miss Monde haussa les épaules et se concentra sur son écran, tout en sirotant sa bière. Je continuai à déguster mes frites. Un tartare sans frites ne pouvait décemment pas être qualifié de tartare. Je me mis à contempler le ballet des serveurs se reflétant dans les glaces situées derrière les banquettes de skaï rouge.

— Il l'avait après ton deuxième transfert, non ?

Je ne compris pas tout de suite de quoi elle me parlait.

— Hein ?

Ma réponse favorite depuis le début de cette histoire de fous.

— Tu parles de quoi ?

— Ton copain bodybuildé. C'est bien après ta deuxième résurrection, quand tu t'es retrouvé dans le corps d'Agecanonix, qu'il avait son téléphone portable. Non ?

— Euh, c'est possible. J'en sais rien. Pourquoi tu veux savoir un truc pareil ?

— Pour savoir jusqu'à quand je remonte pour essayer de tracer les mouvements de son portable.

— Quoi ! Mais tu vas pas remettre ça, bordel !

— Ça ne t'a pas dérangé la dernière fois. Tu es devenu bien prude, d'un coup.

Elle continuait de taper sur son clavier.

— Ça n'a rien à voir. C'était pour le retrouver.

— On n'a qu'à dire que c'est pareil cette fois-ci.

— T'es pas croyable ! Putain !

— Escort, plus précisément. Et ne mêle pas mon deuxième travail à mon premier.

Elle avait dit ça avec un ton presque guilleret. Cette fille était totalement incontrôlable. De dépit, je me plongeai dans l'accroissement consciencieux de mon taux de cholestérol.

— Oh, putain ! s'exclama la bimbo en posant précipitamment son verre de bière.

— Tu parles de toi à la troisième personne, maintenant ?

Elle me fusilla du regard. J'étais fier de ma répartie et affichais un sourire goguenard en avalant une frite trempée dans de la mayonnaise.

— Je suis peut-être « pas croyable », mais moi, je découvre des choses intéressantes au lieu de bayer aux corneilles. Comme par exemple que notre ami a déjà été en contact avec les flics.

J'en lâchai ma frite.

— Hein ?

Décidément…

— Si je remonte au jour où tu as récupéré le corps de Mathusalem, avant qu'on se retrouve au square de la Statue de la Liberté, le portable se trouvait… à Levallois-Perret. Rue de Villiers, plus précisément.

— C'est quoi, ça ? Un commissariat de quartier ?

— Le siège de la DGSI. La Direction générale de la sécurité intérieure. Le contre-espionnage, quoi.

— Meeeeerde, soufflai-je.

— Tu l'as dit.

— Tu crois qu'il en est ?

— Homo ? J'en sais rien. Sûrement : il est bodybuildé. Mais qu'est-ce que ça vient faire dans l'histoire ?

Je me concentrai pour ne pas exploser au milieu de la brasserie.

— Mais non ! Pas « il en est » au sens homo. Mais « il en est » au sens flic.

— Ah ! fit l'autre comme si elle n'avait pas compris et n'essayait pas de me faire tourner en bourrique. Peut-être. En tous cas, ce qui est sûr, c'est qu'il y est retourné plusieurs fois.

J'essayais de penser à toutes les implications.

— Ça veut dire aussi que lorsque nous avons surpris le flic chez lui, il n'allait pas se faire arrêter…

Je m'appuyais contre le dossier inconfortable de la chaise.

— Et il y a peut-être pire, déclara Miss Monde tout en pianotant son clavier.

Elle chercha pendant un moment, puis :

— Bingo ! Quand nous étions dans le bois de Vincennes en train d'essayer de soutirer des informations de la bouche de ce flic…

Elle suspendit sa phrase, simplement pour faire durer le suspense. Je n'appréciai pas.

— Quoi ?

— Au lieu d'aller pisser, il a passé un coup de fil…

— Il l'a peut-être passé pendant qu'il pissait, suggérai-je.

— Oui, bon, on s'en fout ! Le fait est qu'il a utilisé son téléphone portable et qu'il l'a justement fait pour appeler la DGSI.

— D'où l'arrivée rapide des bagnoles de police.

— D'où plein de choses. Ça explique pourquoi il est là depuis le début. Ça explique pourquoi il en sait tellement sur le sujet. Ça explique que nous ayons toujours un temps de retard, Ça…

— Oui, ça va : j'ai compris, la coupai-je. Mais ça ne tient pas debout. Dans ce cas, pourquoi il ne nous a pas livrés depuis le début ?

— Il devait probablement nous espionner. Ils cherchent quelque chose.

— Pourquoi nous a-t-il défendus, en buttant au passage plusieurs gars ?

— T'es bigleux ? Il y a deux groupes. Ceux en costard et ceux en blouson de cuir miteux. Ceux en cuir doivent être de la DGSI. Ils font trop ploucs et à la fois trop débrouillards. Ce sont forcément des flics français.

— Et les autres ?

Je ne pus m'empêcher de poser la question. J'étais captivé par son raisonnement, suspendu à ses lèvres. Ou alors captivé par ses lèvres et suspendu à son raisonnement. Il aurait fallu que j'arrête la bière.

— Les autres, classieux, tirés à quatre épingles, un bâton dans le cul, persuadés d'être omnipotents et débordant de morgue. Je parierais qu'ils sont d'une quelconque agence fédérale américaine.

Ça se tenait, mais ça ne résolvait pas la question de l'implication de Schwarzy. J'y revins.

— Et comment tu expliques qu'il dispose des mêmes pouvoirs que moi ?

— Oh là, tout doux. Après tout, on l'a vu cicatriser mais pas ressusciter. Il a peut-être employé un artifice, comme les magiciens de foire. J'en sais rien.

Elle ne donnait pas l'impression d'être spécialement convaincue. Son raisonnement était bancal. Pas ses lèvres… Je reposais le verre de bière, que j'avais mécaniquement saisi.

— Mouais, fis-je dubitatif.

Vexée, elle se replongea dans son ordinateur.

— En tous cas, s'il s'agit vraiment d'un espion, nous sommes tranquilles, déclarai-je.

Ce fut à mon tour de la surprendre :

— Comment ça ?

— Il n'a aucun moyen de nous mettre la main dessus par lui-même. D'ailleurs, c'était bien ce qui nous inquiétait tout à l'heure. Maintenant, ça devient une chance.

La bimbo accepta mon argumentaire.

— Pas faux. Le problème est que nous non plus, puisqu'il s'est débarrassé de son téléphone. Quoique…

Elle se tapota le menton en fronçant les sourcils.

— Tu penses à quoi ?

— Il nous a peut-être menti aussi sur ça. On va voir.

Elle fit danser encore plus vite ses doigts sur les touches.

— Bingo ! Son téléphone est toujours opérationnel. Tu le crois toujours blanc comme neige ? me lança-t-elle.

— Hum, grognai-je

— Je vais essayer de découvrir où il est.

Elle affichait le sourire radieux du pisteur qui a retrouvé la trace de la proie contre l'opinion des autres chasseurs. Le sourire disparut aussitôt.

— Oh, merde !

Elle releva la tête et la tourna dans tous les sens.

— Qu'est-ce qu'il y a ?

— Regarde ! fit-elle en se contentant de faire pivoter son ordinateur.

L'écran marquait très exactement la localisation du téléphone recherché. Et cette localisation n'était ni plus ni moins que la brasserie dans laquelle nous nous trouvions.

— C'est pas possible ! dis-je en refusant l'évidence. On l'aurait forcément vu. Il ne passe pas inaperçu.

Après un nouveau tour d'horizon de la salle, Miss Monde en convint et se calma un peu. Pas beaucoup, car elle se mit à se ronger les ongles de la main gauche, tandis que la droite était prise d'un tic soudain et tripotait la tranche de l'ordinateur.

— À moins que…

Prise d'une brusque inspiration, elle se baissa brusquement sous la table. Ne pouvant décemment pas espérer une gâterie inopinée compte tenu des circonstances, je crus qu'elle se cachait et m'apprêtai à faire de même quand je me rendis compte qu'elle fouillait dans son sac. D'une poche discrète, elle retira un téléphone portable que je reconnus aussitôt.

— L'enfoiré ! s'exclama la bimbo en lâchant l'appareil sur la table. Il a planqué son portable dans mon sac pour pouvoir nous suivre à la trace !

— Il a fait ça quand ?

— Quand il s'est éloigné dans les bois. Pas avant, puisqu'il a passé un coup de fil.

Nous échangeâmes un regard et dîmes d'une seule voix :

— Il faut dégager d'ici !

Nous ramassâmes nos affaires et nous élançâmes vers la sortie du restaurant. Un serveur qui devait nourrir quelques soupçons en raison de notre remue-ménage se précipita et me retint par le bras.

— Hé, monsieur, où croyez-vous aller comme ça ? Il faut régler la note !

— Fais pas chier, connard !

Je jetai une poignée de billets sur la table et me dégageai d'une secousse, le laissant interdit. Je rejoignis Miss Monde sur le trottoir.

— Et maintenant ?

— Il faut mettre un max de distance entre nous et ce portable, dit-elle. C'est le seul moyen qu'ont les flics pour nous retrouver.

— O.K. Il faut rejoindre la grande station de métro des Halles, alors. On part sur la droite.

— Non, répondit-elle. Sur la gauche.

— Pourquoi sur la gauche ?

— Pourquoi on doit toujours faire ce que tu dis ?

— Tu me gonfles !

Une voiture de police, les gyrophares allumés mais sans sirène, surgit d'une rue sur la gauche, ce qui trancha ce débat devenu ridicule. Nous nous enfuîmes vers la droite. La voiture alluma sa sirène derrière nous. Arrivés à l'intersection suivante, nous vîmes un autre véhicule qui déboulait en face. Nous prîmes sur la gauche.

Nous courions aussi vite que nous le pouvions. Les muscles d'un culturiste sont parfaits pour balancer des mandales, mais pour la course de fond ils ne valent pas un clou.

Nous dépassâmes plusieurs carrefours. Nous avions l'impression que les sirènes de police remplissaient le quartier. Nous nous étions engouffrés dans une énième rue quand nous nous rendîmes compte que nous étions faits comme des rats.

En face, plusieurs voitures venaient de bloquer le carrefour. Derrière nous, c'était la même chose. Nous nous arrêtâmes de courir, le souffle de toute manière trop court pour espérer continuer à ce rythme. De chaque côté, des gars en blouson de cuir s'approchèrent. Certains avaient dégainé leur arme. D'autre ne s'étaient même pas donné cette peine.

Nous n'opposâmes aucune résistance. On nous plaqua au sol et on nous passa des menottes les mains dans le dos. Il n'y eut pas de grand discours comme avec les gars en costard. Peu de paroles furent échangées. De l'efficacité silencieuse pour notre plus profond désespoir.

On nous emmena vers les voitures. Une poignée de passants se concentrait sur un bout de trottoir. De rares curieux s'affichaient aux fenêtres. Les habitants semblaient visiblement accoutumés aux arrestations dans le quartier et ne s'y intéressaient plus guère.

La bimbo aperçut une silhouette derrière la première ligne de voiture.

— Grosse merde ! Salopard ! Si je t'attrape, je t'arrache les yeux !

Je compris qu'elle s'adressait à Schwarzy. Personnellement, je ne daignais ni le regarder ni lui parler. Derrière mon mépris affiché, je nourrissais en réalité une profonde déception.

Tout ça pour finir comme ça…

CHAPITRE 10

POLITESSES EN SOUS-SOL

Des murs blancs et nus. Aucune fenêtre. Une seule porte. Deux chaises métalliques. Une table pareillement métallique, fixée au sol. Le sol recouvert d'un linoléum blanc. Un néon cru et douloureux au plafond.

Déprimant.

Après des jours de cavale et une dizaine de résurrections, après avoir échappé plusieurs fois à mes poursuivants et réparé cerveau, thorax et autres, je finissais par me faire prendre comme un vulgaire voleur. Avec mes super-pouvoirs et mon corps de colosse, je m'étais imaginé invulnérable. Je tombais de haut.

Il me manquait quelqu'un sur qui passer ma colère. Heureusement, j'entendis des pas derrière la porte qui s'ouvrit sur un des gars en blouson de cuir. Sous ses cheveux noirs, son visage buriné, un peu épaté dans sa partie inférieure affichait une peau brunie par le grand air et marquée de profondes rides. Il possédait un nez un peu gros et des yeux tombants mais rieurs, accordés à ses lèvres épaisses figées dans un demi-sourire.

Après m'avoir observé un instant depuis le seuil, il s'avança lentement jusqu'à la table. Il émanait de lui une calme autorité. En tous cas, je n'eus pas envie de me défouler sur lui. D'ailleurs, il ne m'en donna pas l'occasion : il sortit un jeu de clefs et m'enleva les menottes qui par une longue chaîne me maintenaient à la table. Je grommelai même un « merci ».

— Pas de quoi, ironisa-t-il.

— Non, c'est sûr, renchéris-je de mon côté.

— Oh ! Je sens un fond de mauvaise humeur. Pas de ça entre nous. Après ce que nous avons vécu ensemble ces derniers jours.

Il me fit signe de me lever et de le suivre. Nous empruntâmes un couloir du même blanc uniforme que la pièce dans laquelle je me trouvais précédemment.

— Remarquez, je ne vous en veux pas pour cette mauvaise humeur. Après tout, c'est de bonne guerre !

Il me ficha une tape dans le dos, comme si nous étions des camarades de beuverie accoudés au comptoir depuis l'aube. D'une manière générale, il parlait avec de grands gestes.

— Mais si on va par là, nous aussi nous aurions des raisons de vous en vouloir. J'ai un ou deux collègues qui ont eu le nez cassé.

Le couloir faisait un coude. Au-delà, on entendait des cris. Des vociférations plutôt.

— Ah, fit le flic qui m'accompagnait, je sens qu'il va peut-être y avoir un nez cassé supplémentaire.

Les braillements provenaient d'une porte ouverte très semblable à celle de la pièce dans laquelle j'avais moi-même été enfermé.

— Gros con ! hurlait une voix de femme. T'avise pas de me toucher.

Il y eut un grognement félin, suivi par une plainte issue quant à elle d'une gorge masculine. Deux gars sortirent en reculant, les mains tendues devant eux en guise de protection. D'un même mouvement, ils s'accroupirent juste à temps pour éviter une chaise métallique qui leur frôla la tête avant de s'écraser contre le mur derrière eux. J'avais naturellement reconnu Miss Monde, autant par sa voix que par ses méthodes.

— C'est bon, elle est détachée ? demanda le policier qui m'accompagnait.

— Même pas, patron, répondit l'un d'eux. J'arrive pas à m'approcher suffisamment pour lui retirer les menottes et elle refuse de me laisser parler.

Le « patron » fit un geste pour récupérer les clés des menottes. L'autre les lui confia avec empressement. Il y avait du soulagement dans son regard. Le supposé chef pénétra dans la pièce. Je glissai la tête dans l'embrasure, impatient d'assister à la scène. Dès qu'il se fut approché suffisamment, la bimbo se jeta en avant. Il dut la repousser plusieurs fois, tout en gardant un calme olympien. Qui ne dura pas longtemps. Après quatre essais infructueux pour s'approcher des menottes et la libérer, il se résolut à lui assener une énorme baffe.

Miss Monde s'en trouva paralysée de surprise. Le flic put la détacher et revint vers la porte en ajoutant un simple « venez, ma jolie ! ». Ancienne méthode, à n'en pas douter. Efficace cependant. Miss Monde, tout en se frottant la joue, prit enfin conscience de ma présence et s'en étonna :

— Qu'est-ce que tu fous ici ? T'as trahi, toi aussi ?

— Non. Pas plus que toi, si ?

— Évidemment que non !

« Évidemment, évidemment... » Je ne vis pas en quoi la loyauté était plus évidente pour elle que pour moi, mais je trouvai préférable de me taire.

— Bon, fit notre amphitryon sur un ton jovial, puisque dorénavant vous êtes des invités et non plus des prisonniers, allons-y !

Nous lui emboîtâmes le pas. Les deux autres blousons-de-cuir se placèrent derrière nous, contredisant par leur unique présence les propos rassurants de leur chef.

— Si nous ne sommes plus prisonniers, nous sommes libres de partir, non ? s'enquit la bimbo en leur jetant un regard méfiant.

— Mais naturellement, ma chère dame, répondit le jovial buriné.

Il se tourna légèrement avec un sourire ironique et ajouta :

— Si vous trouvez la sortie, bien entendu.

Nous étions en effet libres. Comme l'avait été le Minotaure enfermé dans le labyrinthe.

*

*   *

À force de détours, nous parvînmes à une porte à double battant. Un autre blouson de cuir était posté devant. Il ouvrit un des battants et nous entrâmes dans ce qui semblait être une salle de réunion. Plusieurs autres flics s'y trouvaient, ainsi que Schwarzy. Dès qu'elle le vit, la bimbo montra les dents et je crus qu'elle allait lui sauter à la gorge. Il dut le croire aussi, car, bien que cinq mètres les séparaient, il recula d'un pas.

Contente de son effet, la harpie se limita à un regard méprisant et, sans qu'on l'y eût invitée, alla directement s'asseoir.

146

Tout le monde se joignit au mouvement et s'installa autour de la vaste table qui occupait la quasi-totalité de la pièce. D'un côté, Miss Monde et moi. De l'autre, une demi-douzaine de policiers. Schwarzy se plaça de leur côté. Le plus loin possible de nous.

En face de nous, au milieu des siens, le flic buriné prit immédiatement la parole.

— Bon. Je suis content que nous ayons cessé ce petit jeu de cache-cache, un tantinet sado-maso. Nous allons enfin pouvoir parler entre nous en adultes. Vous êtes ici dans les bureaux de la DGSI.

— Ha ! Je le savais ! s'enthousiasma la bimbo.

— Bravo, madame ! la félicita le poulet. Ou dois-je vous appeler mademoiselle ?

— Non, ça risque pas, lâchai-je.

Elle me foudroya du regard.

— Pas grave. Au contraire. Je préfère les femmes d'expérience.

— Oh, ça. De l'expérience, elle en a à revendre, comme qui dirait.

— En même temps, tu dois pas vraiment t'en souvenir, si ?

Ce fut mon tour de lui jeter un regard mauvais. Le buriné nous ramena à nos moutons.

— Je n'ai rien contre vos scènes de ménage. C'est très sympathique… Mais nous avons un peu autre chose à foutre. Non ?

Il nous fixa pour être sûr que nous avions bien compris. Nous hochâmes tous deux la tête.

— Bien. Reprenons. On peut dire que vous nous avez donné pas mal de fil à retordre. Et ça a été assez pénible. Votre ami ici présent, dit-il en désignant Schwarzy, a fait preuve de beaucoup plus de maturité que vous.

Miss Monde haussa un sourcil.

— Si, si, insista l'autre. Incontestablement.

— Pourquoi vous vouliez nous mettre la main dessus ? demandai-je. Si c'est pour les gars en costard qu'on a dégommés l'autre jour dans la ruelle…

— Non, non. Au contraire, moins nombreux ils seront… Nous voulons justement vous en protéger.

— C'est qui, ces gars ?

— Des agents de la NSA.

— Ha ! Je le savais ! s'écria une nouvelle fois la bimbo.

Cette fois, il n'y eut pas de félicitations. Le flic buriné devait en avoir assez d'être interrompu.

— Nous n'avons rien contre eux : ce sont des agents d'un pays allié. Mais ils n'ont rien à foutre chez nous. Et encore moins pour semer la pagaille.

— Qu'est-ce qu'ils nous veulent ?

— Vous capturer à nouveau, vous emprisonner et faire des expériences sur vous. Enfin, des expériences sur vous deux, rectifia-t-il en nous montrant Schwarzy et moi.

— Parce qu'on est différents ?

— « Différents » est un léger euphémisme, mais oui, on peut dire ça comme ça.

Je me penchai vers lui au-dessus de la table.

— C'est-à-dire ? Nous sommes quoi exactement ?

Le poulet jovial fit claquer sa langue.

— Bon, par où commencer ? Déjà, il faut savoir que nous sommes des policiers un peu particuliers. Ou disons que nous appartenons à une brigade un peu particulière.

— En tous cas, par rapport à vos concurrents, vous ne vous habillez pas chez le même tailleur.

— En effet. Et j'aime autant, d'ailleurs. Pour en revenir à notre brigade, elle s'appelle la BPI.

— Bande de Putains d'Incapables ? risquai-je.

— Non, répliqua le poulet, vexé. Brigade des Phénomènes Inexpliqués. Les autres policiers – enfin, ceux qui connaissent notre existence – nous appellent les « paranormaux ».

— On va dire que c'est toujours mieux que les « anormaux ».

Je jouais avec le feu et je me rapprochais dangereusement du moment de saturation où il allait finir par me balancer une mandale comme à ma voisine.

— Nous décidons rarement des sigles de nos brigades et encore moins des surnoms que nous donnent les collègues.

— Pour en revenir à ce que vous disiez, intervint la bimbo en jouant les fayottes, ça veut dire que les pouvoirs de ces deux décérébrés sont liés à des phénomènes paranormaux ?

— En fait, pas exactement. Voyons, comment dire. Il n'y a rien de terrestre là-dedans.

— Vous voulez dire que c'est maritime ? demanda-t-elle. Ça vient de la mer ?

— Non, ce n'est pas ça. Disons que ça ne vient pas de la Terre.

— Oui, c'est ce que je viens de dire, s'entêta Miss Monde. Ça vient de la mer.

— Non ! s'énerva le buriné. Ça ne vient pas de la Terre. De la planète Terre. Ça vient d'ailleurs.

La bimbo ouvrit de grands yeux et se tourna vers moi. Pendant un moment, je ne réagis pas. En fait, je ne comprenais pas bien ce que cela impliquait. J'avais compris les mots. Mais ça n'avait aucun sens. Ma voisine me donna doucement un léger coup de coude.

— Tu es un extra-terrestre ?

Ça ne ressemblait pas à une question. À une affirmation non plus. Même si elle réagissait plus vite que moi, je crois qu'elle aussi avait le vertige devant les implications. Je me tournais vers Schwarzy. Il devait avoir eu la même conversation il y a plusieurs jours de cela. Et être passé par les mêmes affres. Son regard se fit compatissant. Je le montrai au policier.

— Mais regardez-le ! Regardez-moi ! Vous trouvez peut-être qu'on ressemble à ET ?

— Mon gars, en fait, je ne crois pas qu'il y ait grand monde qui sache exactement à quoi vous ressemblez pour de vrai. Nous pensons que vous passez d'hôte en hôte au gré des besoins de votre organisme.

— Et comment on serait arrivés sur Terre ?

C'était vraiment moi qui disais cette phrase ? Face à l'incongruité de la question, le flic redevint mordant.

— Les aléas de la destinée ! Ou alors, un accident de navette lors d'un passage à niveau galactique et vous vous êtes posés pour mettre la roue de secours ! Ou alors, vous aviez pris une option safari chez un voyagiste saturnien et vous vous êtes perdus ! Que sais-je ? Si ça se trouve, vous êtes en voyage de noces !

La perspective de roucouler en lune de miel avec Schwarzy m'énerva.

— Bref, vous ne savez pas grand-chose.

— Il faut dire aussi que vous ne nous avez pas beaucoup aidé non plus. Voyez-vous, mon canard, on comptait un peu sur vous pour nous expliquer deux ou trois choses. Mais il paraît que vous avez perdu vous aussi la mémoire, nous a dit votre copain. Ce que notre collègue qui a été votre prisonnier temporaire nous a confirmé.

— J'ai peut-être pris une cuite juste avant ma première résurrection, pendant mon enterrement de vie de vénusienne, ironisai-je.

Ma blague tomba à plat. Personne ne rit. Résurrection ou pas, il y a des jours où on se sent seul.

*

* *

La cafétéria de la DGSI ressemblait à toutes les cafétérias de toutes les administrations du monde. Inconfortable bien que fonctionnelle. Impersonnelle malgré quelques touches de décoration se voulant originales. Guère propre bien que souvent nettoyée.

Miss Monde, Schwarzy et moi étions donc assis à une table inconfortable, impersonnelle et guère propre. Nous touillions d'un air morose et sans envie le café industriel qui remplissait nos gobelets marron. On nous avait octroyé un petit repos pour nous aider à assimiler les informations balancées pendant la nuit. Nous étions trop sonnés pour continuer à en vouloir à Schwarzy qui s'était donc joint à nous et nous racontait comment lui-même était passé par ces étapes.

— Donc, dit Miss Monde avec une pointe volontaire de scepticisme, tu n'étais pas de mèche depuis le début avec ces poulets.

— Par les multiples bras ambidextres de Kali ! Puisque je te dis que je me suis fait attraper quand la gamine, fit-il en me pointant du doigt, s'est pris un coup de couteau. Les costards ont détalé ; les blousons de cuir ont ratissé le voisinage ; moi, je me suis fait choper.

— Et tu ne t'es pas rendu de toi-même.

Schwarzy lui jeta un regard mauvais. La bimbo se défendit :

— Écoute. Ce n'est pas qu'on ne te croit pas. Mais on peut pas dire que tu aies joué franc jeu non plus. Ils t'ont refilé un de leurs téléphones. Tu les as prévenus – à mon insu – quand l'autre en version vioque a voulu se suicider.

— Non, c'est pas vrai ! J'ai essayé mais j'ai pas réussi à les joindre et ensuite tu m'as rejoint. Nous sommes allés prendre un verre…

— Tu as pris un verre. Moi, un café.

— Oui, bon, et quand j'ai enfin réussi à les contacter, toute l'histoire s'était déjà produite.

— Tu vas nous faire croire que précisément les flics sont arrivés à l'appartement d'Agecanonix par hasard et au bon moment ?

— Il a raison, intervins-je. Je me souviens avoir vu des costards par les interstices de la porte. Pas des blousons de cuir.

— Ha ! Tu vois.

— Bon admettons. Mais c'est quand même toi qui nous as balancés quand on était au bois de Vincennes, non ?

— Oui, admit Schwarzy. Quand vous avez déboulé dans la planque où ils m'avaient installé, j'ai un peu paniqué. J'ai suivi votre jeu avec le bobard du policier qui m'aurait trouvé avant ses collègues. Je n'ai pas jeté le téléphone et je me suis éloigné dès que j'ai pu pendant votre séance d'interrogatoire pourri.

— Pourtant tu voulais quand même lui casser la gueule au flic.

— C'était simplement pour noyer le poisson. Mais je savais que notre copain, dit-il en me montrant du doigt, allait se dégonfler et que si je me montrais trop agressif, il allait m'écarter. Ça m'a donné une excuse pour me barrer. Le poulet a vraiment cru que je les trahissais. Je me marre encore en voyant sa tronche d'ahuri. Arf, arf, arf…

Je ne partageais pas trop son humour ou son humeur, en cet instant.

— Enfin, j'ai passé mon coup de fil – de toute façon, ils avaient déjà repéré mon mouvement grâce au GPS du portable

– et ils m'ont dit de glisser le téléphone dans ton sac que tu avais laissé dans la voiture. La suite, vous la connaissez.

Nous continuâmes à touiller nos cafés. Personne n'y avait goûté. À cette heure, l'embauche n'avait pas encore eu lieu. Il n'y avait quasiment personne dans la cafétéria. Bien que nous soyons censés être libres, deux gars en blouson de cuir marron élimé se tenaient à une table éloignée et ne nous quittaient pas des yeux. Libres ? En résidence surveillée, plutôt.

— Et maintenant, qu'est-ce qu'on fait ? dit Miss Monde à voix basse.

— J'en sais rien, avouai-je. Vous avez confiance en eux ?

— Moi, ils m'ont l'air d'être de chics types, fit Schwarzy.

— Pour toi, le monde entier a l'air sympathique.

— Non, pas les gars en costard qui se la pètent.

Nouveau silence.

— En parlant d'eux, justement. On pourrait aussi aller les voir plutôt que rester avec les tocards en blouson, non ?

Schwarzy me détailla comme si j'avais parlé de vendre ma propre mère aux enchères. Mère dont je ne savais d'ailleurs rien. Elle aurait aussi bien pu être en train de baigner ses huit jambes dans des lacs de méthane liquide sur une des lunes de Saturne ou de voyager dans une autre galaxie à plusieurs parsecs d'ici. Le concept maternel existait-il seulement chez la race à laquelle Schwarzy et moi appartenions ? En y pensant, un nouveau vertige me prit qui m'obligea à fermer les yeux. Schwarzy se méprit sur ma réaction et crut que j'éprouvais de la honte à avoir fait ma proposition de trahison.

— T'es pas bien, toi ! Aller voir les costards-cravates. Pff !

— Tu as entendu ce qu'a dit le flic : ici, ils ne savent rien sur ce que nous sommes ou ce qui nous est arrivé. Ils ont toujours une longueur de retard sur les gars en costard. Ils ne font que supposer et imaginer ce qui a bien pu se passer. Les seules informations qu'ils ont, ils les doivent à la NSA.

— Ou à moi.

— Tu parles d'un filon, enchaîna la bimbo. Tu sais pas grand-chose de plus.

— Peut-être mais je sais que jusqu'à présent les seuls qui nous ont réellement cherché des noises, ce sont les mecs en costard. Et si on était si bien avec eux, pourquoi on se serait enfuis ? Il a dû se passer un truc. Sinon, on se serait pas retrouvés dans des corps humains, si ?

Il marquait un point. Ce fut le moment que choisit le buriné-en-chef pour s'approcher.

— Alors, mes mignons, jeta-t-il en s'installant à la quatrième place de la table. Comment vous portez-vous ?

— Parfaitement, répondit Schwarzy avec un empressement servil.

— Nous sirotions votre nectar, ironisai-je en montrant mon gobelet de jus de chaussette. Vous vous joignez à notre dégustation ?

— Excellente idée ! C'est ma tournée.

Il se pencha vers les molosses qui étaient assis plus loin, claqua des doigts à leur intention et fit un mouvement circulaire de l'index au-dessus de la table pour leur indiquer ce qu'il souhaitait. Un des types se leva aussitôt pour aller chercher ce qu'il fallait. Ils lui étaient totalement dévoués. Le buriné revint à notre discussion.

— Alors, ça donne quoi vos cogitations ?

Je décidai de la jouer frontal.

— On était en train de se demander s'il ne valait pas mieux passer du côté de la NSA. Vous en pensez quoi, vous ?

— Hé ! C'est lui qui se le demandait. Pas moi !

Quelle grosse larve !

— Ni moi, fit la bimbo avec un sourire à faire bouillir un iceberg.

Je grognai devant ce lâchage généralisé et plus encore devant le traitement de faveur qu'elle lui accordait. Je n'avais jamais eu droit à autant d'égards de sa part.

— Je n'en attendais pas moins de vous, la félicita le buriné.

Il ne manquait plus qu'ils se mettent à minauder, ces deux-là.

— Je comprends que vous vous posiez la question. Je ne vous en veux pas.

Encore heureux.

— Mais je pensais que les événements vous avaient montré en qui vous pouviez avoir confiance. Ces gens de la NSA, ce sont des monstres à sang froid.

Si ça se trouvait, je l'étais moi aussi. Comme dans « V ».

— Et puis ils ne jouent pas réglo, se croient tout permis. Vous savez qu'ils ont débarqué chez vous ?

Je mis du temps à me souvenir du dernier appartement que j'occupais. Il y en avait eu tellement cette semaine.

— Place de Clichy ? Comment ils l'ont trouvé ? s'étonna Miss Monde.

— Ça, mystère.

Moi, je commençais à en avoir une petite idée.

— Il n'y aurait pas une taupe chez vous ? suggéra la bimbo.

— Pas de ça chez nous, madame. Je connais bien chacun de mes gars.

C'est toujours ce que disent ceux qui vont être trahis. C'est d'ailleurs pour ça que la trahison est si rentable.

— En tous cas, ils n'ont pas laissé grand-chose en place. Alors que nous, nous ne nous serions jamais comportés comme ça. Vous verrez comme nous savons traiter ceux qui nous rejoignent. La République est généreuse. Ah, d'ailleurs, voilà les cafés !

Arrivant bien à-propos, sur un plateau, quatre tasses avec du vrai café. L'odeur agréable emplit nos narines.

— Généreuse comment ? On nous foutra la paix ?

— Je viens d'obtenir des plus hautes instances l'assurance que vous serez libres et que nous pourvoirons à vos besoins. À condition de coopérer pour nous aider à éclaircir votre nature et les raisons de votre venue.

Là où les autres nous promettaient enfermement et calvaire pour avoir des réponses, ceux-ci se proposaient de nous corrompre.

— Et les poursuites pour l'affaire du suicide du petit vieux ? demanda la bimbo en revenant à des aspects plus concrets.

— Ça ? Mais ne vous en faites pas. Sitôt tout ceci réglé, nous sortirons une preuve de l'innocence de vos deux camarades et l'affaire sera réglée.

— Aussi simplement ?

— Mais oui. C'était uniquement pour continuer à vous mettre la pression et gêner les autres en costard.

— À ce propos, pourquoi vous n'avez pas déjà réglé leur sort ?

Il reposa sa tasse. La question l'embarrassait.

— Mon petit…

Mon petit ! Si ça se trouvait, j'avais 10 000 ans d'existence de plus que lui !

— Rien n'est simple quand la politique s'en mêle. Après tout, c'est un pays allié. Donc, à chaque escarmouche, nous avons dû les laisser repartir sans faire de vague.

Il tapa de la paume de la main sur la table.

— Mais c'est fini ! Je viens d'obtenir en haut lieu qu'au prochain coup bas, nous leur bottions les fesses et nous les renvoyions d'où ils viennent.

— Il ne vous reste donc qu'un seul problème à résoudre.

— Lequel ?

— Les trouver.

Il hocha la tête malgré lui.

— Je dois reconnaître que vous marquez un point. Malheureusement, nous n'avons pas encore trouvé comment leur mettre la main dessus.

— Vous pouvez pas faire une demande officielle à leur gouvernement ? À l'ambassade ? s'étonna Schwarzy.

— Pas vraiment, non.

— Ils passeraient pour des glands, s'ils faisaient ça, expliquais-je.

— Mais alors, on va faire quoi ?

J'eus un petit sourire et me calai contre mon dossier.

— Toi, tu as une idée derrière la tête, constata la bimbo en fronçant les sourcils.

— Oui, répondis-je.

— Tu comptes faire quoi ?

— C'est simple. On va faire comme jusqu'à présent : les laisser nous trouver les premiers.

— Mais pour ça, il faut savoir comment ils s'y prennent.

— J'ai justement ma petite idée là-dessus…

CHAPITRE 11

LA POPULARITE DES CEPHALOPODES

La synchronisation était primordiale. Je ralentis mon pas, afin de me caler sur les sémaphores de l'avenue. Le feu passa au vert pour les voitures quand j'arrivai au bord du trottoir. Les voitures, rares en ce dimanche matin, démarrèrent. Une camionnette passa devant moi. Une fois le feu pour les piétons revenu au vert, je m'engageai sur le passage clouté, montai l'escalier, traversai le parking et entrai dans le bâtiment de la Gare de Lyon. Dans la salle des pas perdus, je m'installai sur un banc en face des rails et me mis à observer le va-et-vient dans la gare. À cette heure matinale d'un jour dominical, peu de voyageurs se pressaient devant les énormes panneaux indiquant les quais de départ. J'ignorais combien de temps il me faudrait attendre.

La veille, le buriné de la DGSI et moi étions penchés sur un plan de Paris sur lequel avaient été reportés de nombreux traits et horaires. J'avais désigné des annotations portées à côté de la Gare de Lyon.

— Là, avais-je dit en posant le doigt sur le plan. C'est à cet endroit qu'il faudra que je sois.

— Vous êtes sûr de vous ? m'avait demandé le flic.

— Parfaitement certain.

Il m'avait fixé un moment, comme pour me jauger. J'avais soutenu son regard.

— Vous n'avez rien de plus à me dire ? Vous n'allez pas me faire un enfant dans le dos ? Parce que je vous préviens : je risque de ne pas beaucoup apprécier.

— On reste sur ce qu'on a dit, répliquai-je. Vous n'avez pas d'inquiétude à avoir.

Cela s'était passé pas plus tard que la veille au soir, mais, assis sur ce banc de gare, ça me paraissait déjà bien loin.

Il faisait encore frais et j'éprouvai l'envie de m'installer à l'étage devant une boisson chaude. Mais il fallait que les gars en costard me trouvent au plus tôt. Je me contentai donc d'aller chercher un gobelet dans un des commerces situés dans le hall.

Quand je revins à ma place, un type s'était déjà assis au bout du même banc. Je le regardai avec suspicion, mais il ne portait pas de costume. Simplement un blazer sur un polo d'une quelconque marque branchée. Je retournai donc à ma contemplation du ballet des voyageurs et des trains. Mon voisin parlait en anglais dans son téléphone. J'étais personnellement incapable de déterminer s'il avait un accent américain, anglais ou botswanais. D'ailleurs, sitôt son appel achevé, il se leva et disparut. Fausse alerte donc.

Pourtant, quand je jetai un coup d'œil, je vis qu'une enveloppe reposait sur le banc entre moi et l'emplacement qu'avait occupé le type qui venait de partir. J'aurais pu l'ignorer sans autre forme de procès, si elle n'avait pas porté en grosses lettres la mention : « Pour Roxy ».

Je posai discrètement la main sur le banc et fit glisser l'enveloppe jusqu'à moi. Il avait été convenu que les policiers se tiendraient en retrait assez loin dans les rues du quartier, pour ne pas interférer avec la venue des agents de la NSA ou alimenter leurs soupçons. Pour autant, je me doutais que la DGSI avait sûrement placé deux ou trois observateurs à l'intérieur de la gare elle-même. Je lus la feuille que contenait l'enveloppe ; les directives étaient simples et claires.

Je me levai, rangeant l'enveloppe dans ma poche arrière et abandonnant mon gobelet dont le contenu était de toute manière trop chaud pour pouvoir être bu pendant la demi-heure suivante. Je partis vers la droite et fis semblant de déambuler jusqu'au couloir de sortie aboutissant à la façade sud.

Une fois engagé dedans, et espérant me trouver hors de vue, je me mis à courir aussi vite que possible. Je sortis, contournai la gare, rasai le parking, prit appui sur la rampe et sautai dans la rue en contre-bas. Trois mètres. Je me réceptionnai sans problème – l'avantage d'avoir des capacités hors normes – et me remis à courir.

Je ne pouvais pas espérer que ma fuite passe inaperçue. Je me trouvais à mi-distance de la Seine lorsqu'un premier policier tenta de s'interposer. Il se plaça au milieu du trottoir et écarta les bras dans l'intention de me stopper.

— Où allez-vous !?

Le pauvre. J'eus mal pour lui quand il reçut ma charge en pleine poitrine et qu'il vola cinq mètres plus loin. Sans un regard en arrière, je poursuivis ma route, désormais dégagée, jusqu'au fleuve. Je traversai les avenues qui le longeaient et descendis l'escalier qui conduisait aux quais. Là, à un mètre de la rive, une grosse vedette attendait. J'hésitai un instant. Un mec en costard sortit de l'habitacle et se tint contre le franc-bord. Au lieu de me menacer d'un pistolet, il me fit un signe amical de la main. En haut des escaliers, j'entendis le bruit d'une cavalcade. Des vociférations fusèrent. Il fallait se décider.

Je franchis d'un bond l'espace qui me séparait du bateau. Le type en costume me reçut presque dans ses bras.

— Bon retour à la maison, Roxy.

Je ne sus quoi répondre, hormis un « merci » assez plat, pendant que l'embarcation partait de l'avant. Un appel retentit derrière moi.

— Hé ! Qu'est-ce que vous foutez !?

Le buriné se trouvait avec plusieurs autres sur le quai. Toujours en blouson de cuir, mais nettement moins jovial que quand j'étais son prisonnier. Et un pistolet à la main.

— Désolé ! criai-je. Mais j'ai changé d'avis... Et de côté.

Il fit une grimace de colère et leva son arme. Nous n'eûmes que le temps de nous baisser. Une balle détruisit une vitre de l'habitacle. Une autre se ficha dans le bastingage. D'autres volèrent par-dessus nos têtes.

Puis, les tirs cessèrent : nous étions déjà loin.

*
*   *

Nous filions à toute vitesse en remontant le courant. Jimmy – il m'avait dit qu'il s'appelait Jimmy, sans plus – et moi nous étions réfugiés dans l'habitacle, où se trouvaient deux autres costards. Un qui pilotait et un autre qui ne servait à rien, à part me tenir à l'œil évidemment. Pas de trace du gars qui m'avait laissé l'invitation sur le banc de la gare.

Le bruit du moteur se conjuguait à celui du vent et je dus élever la voix pour me faire entendre :

— On va où ?

— Tu retournes à la maison, Roxy. Ne t'inquiète pas.

Il partit d'un grand rire et me prit par l'épaule comme des amis de longue date qui se retrouvaient. Tout cela me mettait mal à l'aise. Je n'avais aucun souvenir. Je ne me rappelais pas ma nuit folle avec Miss Monde, alors vous pensez bien que les soirées entre potes en costume à 1 000 euros ne risquaient pas de m'avoir marqué. Pour ce que j'en savais, le dénommé Jimmy pouvait aussi bien s'appelait Raoul ou venir de Russie…

Nous ne tardâmes pas à accoster de nouveau, du côté de Maisons-Alfort.

— Tes anciens amis vont sans doute faire décoller un hélicoptère pour nous pister, m'expliqua Jimmy. Nous sommes trop repérables sur l'eau.

Un monospace discret nous attendait avec un autre agent au volant. Lui aussi présentait un lien inversement proportionnel entre goût vestimentaire et sociabilité. Taiseux comme ses collègues.

— J'aurais pensé qu'on aurait pris le métro ou le RER, glissai-je.

— Je viens de Los Angeles, fit Jimmy, visiblement le seul doué de parole. Les transports en commun sont pour nous une curiosité folklorique. Nous ne jurons que par la voiture.

Évidemment. Présenté comme ça…

Nous poursuivîmes notre route vers l'est. Peut-être finalement allions-nous vraiment arriver en Russie…

Je me tordais le cou pour essayer de trouver un quelconque hélicoptère dans le ciel. Peine perdue. Jimmy se marrait. Avec de grands cris de gorge. Mais sans l'œil brillant et malicieux du buriné de la DGSI. Malgré son accent à couper au couteau, il parlait un français parfait, presqu'académique. Je m'efforçai de me mettre à niveau et d'employer des tournures moins familières.

Nous finîmes par arriver quelque part. Je ne sais pas trop où. Nous roulions sur la chaussée et l'instant d'après nous nous trouvions dans un garage souterrain.

Enfin, cela ressemblait plutôt à un grand entrepôt souterrain. Il y avait partout des gardes, vêtus de leur sempiternel costard-cravate. Comme accessoire de mode, au lieu d'une sacoche en peau d'alligator, ils portaient en bandoulière un pistolet-mitrailleur. J'en dénombrai une dizaine rien qu'autour de la voiture.

Nous sortîmes et traversâmes les lieux sans nous arrêter. L'entrepôt semblait divisé en plusieurs espaces permettant chacun le stockage de matériel différent. Sur les caisses, il n'y avait rien d'écrit qui aurait pu m'éclairer sur leur contenu. Du genre : « résidus nucléaires – ne pas approcher », « écrous pour missile balistique » ou « virus mortel – à n'ouvrir qu'en cas d'urgence ». Des chariots-élévateurs et des ouvriers circulaient entre tout ce fouillis.

Jimmy et moi nous dirigeâmes vers un ascenseur. La descente fut étonnamment longue. Deux molosses armés nous accompagnaient. Ce n'était plus les mêmes que sur l'embarcation, mais on aurait dit leurs clones. Et toujours aussi bavards qu'une pierre tombale au fond d'une crypte.

En arrivant à destination – niveau -5, -20 ou -30 ? –, un fantastique « Surprise ! » retentit. Environ trente personnes, en blouse blanche, se tenaient là, sous une banderole qui proclamait : « Bon retour à toi, Roxy ! ». Quelqu'un jeta des cotillons. Jimmy me poussa, toujours en riant, vers la foule, qui m'accueillit comme un rescapé, un héros, un enfant prodigue enfin revenu. On m'empoigna, on m'embrassa, on m'étreignit dans des accolades qui sentaient l'après-rasage agressif ou le parfum entêtant.

A toutes ses marques d'affection, je répondais gauchement par des rires, des sourires, des poignées de main. Je ne voulais pas décevoir ou attrister, mais en fait je ne reconnaissais absolument personne et de tels débordements commençaient à me stresser franchement.

Enfin, les choses semblèrent se calmer peu à peu et avant que l'ambiance ne retombe complétement, Jimmy, en maître de cérémonie, tapa dans ses mains.

— Allez les gars ! C'était super. Je suis très fier de ce que vous avez accompli pour célébrer le retour de notre ami Roxy. Mais maintenant, il faut retourner au boulot, pour que lui aussi soit fier de vous.

Une dernière acclamation et tout le monde repartit dans son coin. Le discours était rodé dans toutes les entreprises et administrations : en premier lieu, un compliment sur ce qui a été accompli, en le présentant comme le premier pas sur la Lune même quand il ne s'agissait que d'organiser une fête de bienvenue ; en deuxième lieu, le rappel immédiat qu'on n'est pas là pour lambiner et qu'il faut se magner le cul de retourner au turbin.

— Viens Roxy, me dit Jimmy en m'entraînant dans un couloir. Je suppose que tu as envie de te voir.

« Envie de me voir ». Depuis ma première résurrection, je n'entendais que des phrases étranges.

Nous déambulâmes dans les couloirs aseptisés de ce qui semblait être un vaste laboratoire. Des hommes et des femmes en blouse blanche s'affairaient en allant d'un endroit à un autre. J'aurais voulu savoir s'ils avaient vraiment des choses à faire ou si leur seul travail consistait à marcher en ayant l'air affairé. Comme dans les films. Tous m'adressaient de grands sourires.

— Tout le monde est bien sympathique ici. Ça me change de la première fois que j'ai croisé des gens de chez vous.

À la mention de celui que j'avais baptisé à l'époque « numéro 1 » ou « la Voix », Jimmy se rembrunit légèrement.

— Ah oui, Michael et son équipe, dit-il en hochant la tête. Michael était une tête brûlée et ne brillait pas par son empathie. Il a fini comme il a vécu.

Quelle épitaphe.

*
*   *

Après maints détours, Jimmy poussa finalement une porte battante et nous pénétrâmes dans une grande pièce. Le centre en était occulté par de grands rideaux blancs éclairés par de puissants projecteurs. À l'extérieur de cet espace, des laborantins, là encore, s'affairaient sur des dizaines de machines.

Nous nous glissâmes entre les rideaux et nous retrouvâmes sans coup férir devant deux grandes cuves, emplies d'un liquide très légèrement blanchâtre que traversaient de bas en haut de multiples bulles. Dans chacune des cuves flottait une sorte de poulpe – je n'aurais pas su le décrire autrement – constitué de deux sphères noires. La plus haute et la plus petite, qui devait être la tête, était absolument lisse et uniforme, à l'exception de deux points rouges lumineux qui devaient représenter les yeux et qui ressemblaient furieusement au phénomène que nous avions constaté sur Schwarzy et moi. La deuxième sphère, plus grosse, était légèrement oblongue et de nombreux pseudopodes en émanait comme autant de tentacules monstrueux.

— Toute cette beauté mystérieuse ne peut que forcer le respect, murmura Jimmy avec extase comme s'il s'était trouvé devant l'Arche d'Alliance.

Moi, je me tus. La créature ne m'inspirait rien d'autre qu'un profond dégoût. Ce n'était pas possible que ce soit moi. Je

166

baissai les yeux sur une plaque d'identification au pied de la cuve. Après des séries de chiffres et d'informations auxquels je ne compris rien, de grandes lettres majuscules indiquaient « ROXY ».

Ben, si : c'était moi. Beurk.

Jimmy se trouvait déjà devant l'autre cuve dans une espèce de contemplation adorative et un peu obscène. Je le rejoignis. Le panonceau indiquait cette fois « MOUFY », mais on aurait pu facilement confondre les deux créatures tellement elles étaient identiques.

— Euh, d'où viennent exactement les noms ? demandai-je. Ce sont eux qui… enfin, c'est nous qui vous les avons fournis ?

— Ce sont les surnoms affectueux que nos équipes vous ont donnés.

Personnellement, je les trouvais ridicules et repensai aux moqueries de Miss Monde quand elle avait entendu mon nom pour la première fois. Je préférai changer de sujet.

— Comment nous nous sommes retrouvés ici, lui et moi ?

— Pourquoi me demandes-tu ça ? Tu ne t'en souviens pas ?

— C'est un peu flou, en fait.

— Nous n'avons pas tous les détails. Les gens de la DGSI ayant gardé beaucoup d'informations pour eux, ce qui est contraire aux engagements habituels.

— Quels engagements ?

— Il existe un consensus entre les grandes puissances, pour s'informer les unes les autres des incidents avec des entités extra-terrestres. Tout le monde préfère partager les informations sur un sujet aussi important. La majorité des incidents se produisent aux Etats-Unis, en Russie ou en Chine, compte tenu de leur vaste superficie. Pour une fois que cela se produit en France, celle-ci a refusé de partager. Autant vous dire que la rétention d'information n'a pas été appréciée par les autres partenaires.

— Et de quel incident s'agissait-il ?

— On ne peut que faire des suppositions, mais votre vaisseau spatial à Moufy et à toi a dû avoir un problème et vous avez été contraints d'atterrir. À moins que vous ne vous soyez écrasés, mais dans ce cas, il y aurait eu davantage de fuites dans les médias. En tous cas, nous avons tout de même eu vent de votre arrivée par nos propres moyens. Et nous avons aussi appris que la DGSI vous avait capturés et voulait vous faire subir de tout, comme de simples rats de laboratoire. Nous ne pouvions pas permettre ça. Il en va de la réputation de la Terre et de la réaction de futurs visiteurs, si un jour de vrais contacts sont initiés avec des puissances extra-terrestres, susceptibles de détruire plusieurs fois notre planète.

— Et comment nous nous sommes retrouvés entre vos mains ?

— Nous avons organisé une descente et vous avons récupéré. Mais au cours de l'opération, la DGSI a probablement fait quelque chose qui vous a plongé dans un état catatonique et provoqué le départ de votre esprit chez un hôte. Ce doit être un système de défense propre à votre espèce. Depuis nous avons cherché partout votre corps d'emprunt, pour devancer la DGSI.

— C'est bon. Vous m'avez trouvé.

— Oui, c'est une chance ! Mais Moufy est encore en danger. Il faut nous aider à le sauver, Roxy.

Je bombai le torse : je me sentais comme un héros traversant l'espace pour sauver la planète. Bon, en fait, c'était un peu le cas. Pour la traversée de l'espace en tous cas. Pour le côté, héros… Je cherchai quelque chose à dire de solennel pour marquer le coup, mais rien ne me vint à part :

— Je suis là pour ça.

Pathétique.

Jimmy acquiesça de la tête. Nous repartîmes vers l'ascenseur, près duquel nous avait attendu notre binôme d'escorte. Nous remontâmes au rez-de-chaussée et à l'entrepôt, avant d'emprunter des escaliers qui nous menèrent à une pièce en surplomb. Jimmy l'avait qualifiée de salle d'opérations. Et il est vrai qu'elle ressemblait moins à une salle de réunion qu'à un mélange subtile entre cinéma et passerelle du vaisseau « Enterprise ».

Des marches éclairées longeaient cinq rangées de sièges disposés en gradins et descendaient vers un mur entier d'écrans. Sur le côté de celui-ci, au pied des marches, un opérateur se tenait assis devant un pupitre de commandes comme s'il pilotait un avion supersonique ou une soucoupe volante. Ah, non. Pour le dernier engin, ce serait plutôt moi le pilote. J'ai encore du mal à assumer ma nouvelle vie de touriste interplanétaire.

Nous descendîmes jusqu'à l'espace situé entre les gradins et le mur d'écrans.

— As-tu l'adresse où se trouve Moufy ? Et des détails sur les équipes de la DGSI qui se trouvent en protection ?

Je lui donnai l'adresse exacte – correspondant à une maison dans un lotissement pavillonnaire de l'ouest de l'Île-de-France – où avait été caché Schwarzy. Je n'arrivais pas à m'habituer à Moufy.

— Pour ce qui est de ceux qui gardent la maison, j'ai entendu le chef de bureau parler de deux policiers, dans une voiture.

— Nous le trouverons et le ramènerons sain et sauf. Ne t'inquiète pas.

Il me serra le bras, en un geste de solidarité, puis alla donner les informations au gars positionné devant le pupitre, qui se mit à transmettre par radio des consignes aux équipes sur le terrain.

Jimmy revint rapidement et nous nous installâmes sur des sièges au premier rang. Je trouvai que ça manquait de pop-corn et d'une ouvreuse en décolleté proposant des esquimaux.

— Toutes les informations ont été transmises. Nous allons assister au sauvetage de ton ami.

Le mur s'alluma sur plusieurs scènes concomitantes. Sur le quart en haut à gauche, les écrans montraient une image satellite de la France. Au haut à droite, il y avait un plan de Paris avec des points rouges, beaucoup de points rouges, qui semblaient indiquer les agents actifs de la NSA. Comment pouvaient-ils avoir autant de monde rien qu'à Paris ? Cela ressemblait aux sureffectifs d'un ancien sovkhoze soviétique. En bas, les écrans restaient avec de la neige. Je doutais cependant qu'ils soient hors service.

Parallèlement, le système audio retransmettait certains des échanges radio. Tout était en anglais. Mais ce que j'observais sur les écrans était suffisant. Dix ou douze points rouges se déplaçaient vers l'ouest, tandis que l'image satellite se resserrait rapidement jusqu'à ne plus présenter que le lotissement où se trouvait Schwarzy.

Les écrans du bas s'allumèrent enfin, montrant les images de caméras embarquées sur les voitures participant à l'opération. Elles progressaient vite. En ce début d'après-midi du dimanche, la circulation était encore anémique, en attendant les retours de week-end.

J'aurais dû me concentrer sur les événements à venir, mais je pensais surtout au fait que nous avions omis de déjeuner. Mon corps d'athlète réclamait sa dose de calories comme un camé sa pipe de crack. Je n'eus rien à réclamer à mes hôtes : alors que je me morfondais sur ces considérations triviales, un larbin – en costard tout de même – apporta des plateaux repas :

sandwich insipide bourré de mayonnaise, barre de céréales contenant plus de sucres que de céréales et canette de soda. Je me jetai dessus comme si je n'avais pas mangé depuis un mois. Jimmy, trop concentré sur l'opération pour avoir de l'appétit, ne toucha pas à son repas.

Dans de meilleures dispositions, bien que non rassasié, je m'intéressai à nouveau aux écrans et constatai que les choses s'accéléraient. Quatre points rouges se massaient à la limite du lotissement, sûrement pour caler une ultime coordination.

De mon côté, je commençais à stresser. C'était le moment de vérité : le flic buriné de la DGSI m'avait-il fait confiance ou les soupçons avaient-ils été les plus forts ? Nous n'allions pas tarder pas à le savoir.

Le feu vert fut donné via la radio et dès lors tout se passa très vite. Les voitures s'élancèrent, arrivèrent dans la rue de Schwarzy et bloquèrent le véhicule de la DGSI. Les agents de la NSA neutralisèrent les deux policiers qui s'y trouvaient. Ces derniers furent emmenés menottés dans la maison, qui avait déjà été investie par d'autres costards. Plusieurs écrans montraient les images des caméras portées par les agents en pleine action. Les pièces de la maison défilèrent jusqu'à tomber sur Schwarzy qui regardait un dessin animé à l'étage en mangeant des Haribo.

Le « sauver » ne fut pas une chose facile. Trois gars de la NSA se retrouvèrent à terre à la suite d'une malencontreuse rencontre avec les poings de mon camarade, avant que les autres ne parviennent à le maîtriser et l'un d'entre eux à l'assommer.

Ils le portèrent difficilement dans une voiture et tous redémarrèrent, laissant dans la maison les deux policiers de la DGSI, attachés à un radiateur. Le tout n'avait pas pris plus de deux minutes.

CHAPITRE 12

GRAIN DE SABLE COSMIQUE

Le convoi de voitures traçait vers l'est en direction de Paris. Tout le monde sur la fréquence se félicitait de la réussite de l'opération. À côté de moi, Jimmy arborait un sourire satisfait.

— Ça y est ! se réjouit-il en se frottant les mains. L'affaire est dans le sac !

— Quand même, fis-je remarquer, était-ce bien nécessaire de l'assommer ?

— Il fallait bien lui faire entendre raison à ce gros connard.

Je crus avoir mal entendu.

— Pardon ?

Il ne me prêta pas la moindre attention et se leva pour s'étirer. Quelqu'un applaudit à l'entrée de la salle. Nous nous retournâmes. En haut des marches, derrière les gradins, se tenait un type dans un costard vraiment classieux. Il avait même, dépassant de la poche de sa veste, un mouchoir assorti à sa cravate, une épingle en or passée dans cette dernière et des boutons de manchette appariés à l'épingle. Quand il descendit vers nous, je pus également constater qu'il portait des guêtres à ses chaussures. Ils recrutaient des mafiosi à la NSA ou quoi ? C'était qui ce mec ?

Jimmy s'empressa de m'éclairer, sans même que je le lui demande.

— Je te présente John, le chef de l'antenne de la NSA en France.

John, Michael, Jimmy. Un vrai cliché. Il ne manquait plus qu'un Bill et un Bob. Je me demandai si la NSA possédait un stock réduit de prénoms dans lesquels ils puisaient pour en affubler leurs nouvelles recrues.

Gardant mes interrogations pour moi, je lui tendis la main. Mal m'en prit, car il ne lui accorda pas même un regard. Il préféra se tourner vers Jimmy.

— Tout s'est bien passé ?

— Comme sur des roulettes, patron. Moufy est empaqueté et en passe de nous être livré.

Je crus bon une nouvelle fois d'intervenir.

— Je vous remercie de nous avoir délivrés, mon ami et moi.

Nouvel échec. Il ne s'adressa une fois de plus qu'à son collègue.

— Il n'a toujours rien compris ! Tu avais raison : il doit être demeuré. C'est incroyable que ces races extra-terrestres parviennent à nous devancer technologiquement tout en ayant individuellement des quotients intellectuels aussi faibles.

Jimmy hocha la tête, imprégné des sages paroles de son supérieur. Ce John m'énervait. Je savais que je risquais de le regretter mais je ne pus m'empêcher d'intervenir :

— Ça n'a rien d'exceptionnel. C'est très exactement ce qui se produit chez vous, non ?

Et vlan ! Dans ta face. J'étais fier de moi. Et j'avais enfin capté l'attention du simili-mafioso. Ces paupières s'étrécirent. Son adjoint, lui, me regardait avec effarement

— Tu ne devrais pas nous parler ainsi, m'avertit Jimmy. Ça ne pourra qu'aggraver ton cas, Roxy.

— Arrêtez de leur donner ces surnoms ridicules ! s'énerva son chef. J'ai l'impression parfois de diriger une cour d'école.

— Ridicules ? Je croyais que c'étaient des surnoms affectueux, fis-je avec une mine contrite en m'adressant à Jimmy.

— Affectueux, tu parles ! s'exclama celui-ci. On vous les a donnés parce qu'ils sont aussi grotesques que vos corps de baudruches gonflées.

— Et la petite fête d'accueil ? Et tous les témoignages d'amitié ?

— Une idée de moi, se vanta-t-il.

John intervint :

— En espionnant la DGSI – entre nous, cette boutique est une vraie passoire –, nous avons appris que ton copain et toi n'aviez plus de souvenirs récents. Jimmy en a tout de suite su tirer parti.

Il regarda son subordonné avec un amour quasi incestueux.

— C'est un excellent bras droit : il sait prendre des initiatives, s'adapter, profiter des faiblesses de l'adversaire.

— Et je suis aussi un excellent comédien, non ? Je suis sûr que tes amis ne t'ont jamais accordé autant de démonstrations d'affection.

Aucun doute là-dessus : Miss Monde n'était pas la championne des câlins. Quant à Schwarzy, je préférais au contraire éviter qu'il m'en fasse.

Comme je me taisais, John tenta de m'expliquer, au cas où j'aurais été trop débile pour comprendre :

— L'idée était de te mettre en confiance pour que tu nous livres aussi ton pote poulpe.

— Vous êtes des ordures, me contentai-je de répondre.

Le fameux John eut un rire légèrement hystérique. Ce mec-là devait en avoir des choses à raconter à son psy. Je préférais éviter de penser à ce qu'il était susceptible de faire subir à son chat.

— Tu n'as pas compris que depuis le début vous n'êtes pour nous que des rats de laboratoire ? Quand les policiers de la DGSI nous ont informés que votre vaisseau s'était écrasé, mais que vous vous étiez enfuis avant qu'ils vous mettent la main dessus, nous avons immédiatement vu l'opportunité de marquer des points dans la course aux connaissances extra-terrestres.

— Vous n'êtes pas censés partager tout ce que vous apprenez ? demandai-je avec candeur.

John-le-mafioso ricana :

— Contrairement aux autres nuls, nous dissimulons la plupart de ce que nous apprenons. Il ne manquerait plus que ça !

Nouveau rire hystérique. Rejoint par le suce-boules qui lui servait d'adjoint. Il aurait peut-être fallu envisager une thérapie de groupe. Je restais en apparence impassible, histoire de ne leur donner aucune satisfaction. Du coup, ils finirent par se calmer et essuyèrent chacun une larme, comme s'ils avaient assisté au spectacle comique le plus hilarant de leur vie.

— Bref, nous vous avons retrouvés avant ces incompétents de la DGSI. Et nous avons réussi à vous escamoter, Schwarzy et toi. Ni vu, ni connu. Nous sommes les meilleurs, nous.

— Tellement bons que vous n'avez pas réussi à nous garder.

Je n'avais pas pu m'en empêcher. Ils m'énervaient à un tel point. Cette grosse fiotte de Jimmy me regarda l'air de dire : « tu ne devrais pas dire ce genre de choses. Tu finiras par le regretter ». Ça m'énerva encore plus.

— Qu'est-ce que t'as à me zieuter comme ça, grosse merde !? lui crachai-je, loin de mes résolutions de langage policé.

Il chercha une approbation du côté de son supérieur qui la lui donna d'un simple hochement de tête. La gifle m'atteint sans que je l'ai vue partir. Son revers me frappa au coin de la bouche et me fit reculer d'un pas.

— Ça, c'est pour venger Michael, déclara-t-il.

Michael ? Ah, oui. J'avais fini par l'oublier celui-là.

— C'était mon ami et vous l'avez lâchement assassiné, ajouta-t-il.

« Lâchement ? » Ce n'était pas le souvenir que j'en avais. Je serrai les poings, mais préférai entendre la fin de l'histoire, avant de tenter de lui faire avaler ses dents une par une.

— Maintenant que nous avons à nouveau toute votre attention, nous pouvons continuer. Nous vous avons donc capturés et vous avons conservés pendant plusieurs mois, en attendant la meilleure opportunité pour vous exfiltrer au nez et à la barbe des Français. Nous vous avons installés dans des cuves de solution de soude caustique et maintenus sous une lumière intense. D'expérience, c'est le meilleur moyen de neutraliser ceux de ton espèce.

— Quelle est mon espèce, d'ailleurs ? demandai-je spontanément.

Ma curiosité avait été la plus forte. Mais elle ne fut pas pour autant satisfaite. John le psychopathe mafioso haussa les épaules, l'air de s'en foutre.

— Nous ne savons pas comment vous vous dénommez vous-mêmes. Entre nous, nous vous appelons les Poulpes. Ça nous suffit.

Gros con.

— Mais quelque chose a dû foirer, d'abord avec Moufy et trois mois plus tard avec toi. Nous allons lancer dès que possible une enquête interne afin d'avoir le fin mot de l'histoire. En tous cas, l'un après l'autre, vous vous êtes tirés. Enfin votre conscience, votre entité astrale, votre esprit – peu m'importe comment certains qualifient ça – s'est barré en laissant derrière lui ce truc hideux qui vous sert de corps.

— Ce qui apparemment a aussi provoqué une sorte d'amnésie, précisa Jimmy.

— C'est peut-être une question de faiblesse psychique, estima John d'un ton condescendant.

L'envie de lui en coller une devenait de plus en plus forte. Je lui aurais arraché la tête avec délectation, à la manière des mantes religieuses.

— En tous cas, maintenant, c'est réglé. Et dès que votre copain sera là, nous nous dépêcherons de plier bagage et de rentrer chez nous où nous pourrons vous étudier sous toutes les coutures sans rendre de compte à personne. Pas même à notre propre population, ajouta-t-il.

Il eut un sourire qui se voulut carnassier. Ce n'était qu'un sourire. Un peu crispé peut-être. Je l'observais un moment sans rien dire. Jimmy, à qui personne n'avait rien demandé, crut bon d'intervenir.

— Laissez tomber, patron. Ils sont totalement débiles.

— C'est ça. C'est nous qui sommes débiles, qui n'avons rien compris et qui nous sommes fait rouler dans la farine.

Moi aussi je l'avais dit avec un sourire. Mais un sourire qui allait d'une oreille jusqu'à l'autre. Et absolument pas crispé. Je ne sais pas si c'est ce sourire ou le ton éminemment ironique avec lequel j'avais parlé, mais ils eurent un froncement de sourcils. Ils y avaient mis le temps, mais ce fut enfin à ce moment-là qu'ils se doutèrent de quelque chose. Peut-être à cause de ma remarque. Et aussi plus probablement parce que la radio se mit à crachoter.

*
*　　*

— *Central. Central. Ici patrouille Charlie. Je crois que nous avons un problème.*

En réponse, le gars préposé au pupitre de commandes s'activa :

— Oui, patrouille Charlie. Ici le Central. Quel est le problème ?

— *Nous ne sommes pas sûrs de ce qui se passe exactement. Moufy a ouvert les yeux comme s'il n'avait jamais été assommé. Et il vient d'exploser la gueule des deux gars qui l'encadraient sur la banquette.*

Un ange passa dans la salle d'opérations.

— Et il fait quoi maintenant ? reprit l'agent.

— *En fait, rien. C'est ça qui est le plus bizarre. Il est assis sur la banquette arrière et il sourit sans rien faire. L'air de se foutre de nous et d'attendre quelque chose.*

Du coin de l'œil, je vis John et Jimmy, J&J, se tendre comme la corde d'un arc.

Sur les écrans en haut à droite, les points rouges avaient fini de traverser la capitale. Ils dépassaient à présent la commune de Vincennes. Tout à coup, leur progression fut stoppée. Sur les caméras embarquées dont les écrans du bas retransmettaient les images, nous vîmes des voitures banalisées mais avec des gyrophares intercepter et bloquer le convoi. Il y en avait au moins une dizaine.

— *Central, central !*

La voix jappait dans la radio. Oui, une thérapie de groupe serait une bonne idée.

— Nous sommes interceptés. Je répète : nous sommes interceptés. On dirait la DGSI. Attendons instructions.

— Quelles instructions, abruti !? lâcha John, furax. Il ne va pas tirer sur des policiers ! Qu'ils se rendent, tant pis !

L'opérateur transmit la consigne, mais l'agent ne l'entendit probablement, car il glapit à nouveau :

— Moufy vient d'exploser d'un coup de poing la tronche du conducteur ! Il se tourne vers moi ; il se tourne vers...

Ensuite vinrent uniquement des borborygmes. Dans les cinq minutes qui suivirent, tous les écrans montrèrent les mêmes scènes d'agents de la NSA menottés et emmenés vers des fourgons de police, tels des dealers ou des putes. Je souriais comme Sainte-Thérèse devant un crucifix. John le psychotique s'en rendit compte et m'agita un doigt péremptoire devant le nez.

— Ne te réjouis pas trop vite. Tu es encore entre nos mains et la DGSI ne sait pas où tu te trouves.

Il se tourna vers le gars du pupitre, dont le rôle était devenu inutile :

— On va se barrer fissa. Allez dire en bas qu'on remballe tout et qu'on se casse dans une heure au plus tard, ordonna-t-il.

L'agent se dépêcha de jeter son casque avec microphone incorporé et gravit les marches deux par deux pour rejoindre la passerelle au-dessus de l'entrepôt. Jimmy regardait les écrans avec effarement. John restait davantage maître de lui-même, mais on le sentait perturbé. Les deux sentinelles qui me suivaient partout depuis mon arrivée demeuraient contre le mur en haut des gradins et se gardaient bien de nous rappeler leur présence, au cas où leur chef aurait eu besoin de passer ses nerfs sur quelqu'un.

— Ce n'est pas possible, souffla Jimmy. Comment ont-ils pu retrouver le convoi ? Moufy a été passé au scanner et il n'avait aucun instrument de géolocalisation sur lui.

— Ils n'ont pas « retrouvé » le convoi. Ils ne l'ont tout simplement jamais perdu de vue. On savait depuis le début ce que vous vouliez faire. On vous a menés là où on voulait.

La mâchoire de Jimmy s'ouvrit encore plus. Il ressemblait à ces lézards des régions désertiques qui gardent la bouche ouverte pour évacuer la chaleur. Il en avait l'intelligence en moins.

— Impossible ! se reprit-il. Tu bluffes.

— Ah oui ?

À cet instant, une explosion se fit entendre en contre-bas dans le hangar. Le visage de Jimmy devint encore plus pâle. Il resta là, les bras ballants et l'air bête. Je me demandais où était parti l'esprit d'initiative que louait tout à l'heure son chef. Quant à la capacité d'adaptation, elle semblait avoir pris des vacances.

Faisant preuve de davantage de réactivité, son chef, se souvenant de tous ceux qui étaient présents dans la salle, se tourna vers les deux agents en faction.

— Allez voir ce qui se passe ! leur aboya-t-il.

Les deux plantons se précipitèrent vers la porte et disparurent. John serra la mâchoire. Il me détailla, comme s'il me regardait réellement pour la première fois. Ce qui devait probablement être le cas.

— Mais putain ! Qu'est-ce que vous avez fait ?

Tiens ! Il me vouvoyait maintenant. La défaite lui apprenait les bonnes manières.

— Vous nous avez tendu un piège. On a fait de même, lui répondis-je.

— Tu nous a manipulés ? balbutia Jimmy, la lèvre tremblante.

Lui, il continuait à me tutoyer. En même temps, il était un peu con.

— Tout ça, c'était du vent ? continua-t-il.

— Mon ralliement inopiné à la Gare de Lyon ? Mon séjour ici au milieu des accolades ? Ma délation et la capture de mon camarade ? Oui, du vent. Même la « fuite » sur mon amnésie a été téléguidée. Je ne suis pas mauvais comédien moi non plus, non ? Peut-être même meilleur que toi.

Je souris à nouveau de toutes mes dents. À l'extérieur de la salle, des clameurs dominaient un tumulte fait de détonations, de courses et de chutes.

— Et vous les avez conduits jusqu'ici, résuma John.

— Ou plutôt, c'est vous-mêmes qui l'avez fait en m'y amenant, alors que j'étais truffé de micros, caméras et balises de géolocalisation.

— Si nous ne vous avons pas fouillé, c'était uniquement pour ne pas susciter votre méfiance et pour que vous nous livriez Moufy, se justifia John. Ce n'est pas pour autant que nous avons négligé le problème, puisque nous avons utilisé des brouilleurs de signal dès votre trajet sur la Seine, dans la voiture ou encore ici. La question que je me pose est donc comment diable avez-vous fait, malgré ces brouilleurs, pour transmettre les informations, une fois ici ?

— Voyez-vous, fis-je doctement, vous savez sûrement beaucoup de choses sur nous que les policiers de la DGSI ne savent pas. Mais à l'inverse, eux ont découvert que la lumière rouge qui remplace nos yeux sur les images provient d'une caractéristique propre à mon espèce. Sur Terre – et peut-être ailleurs, qui sait ? – mon corps entier fonctionne comme une immense antenne radio. Je suis en quelque sorte moi-même le relais qui a permis de transmettre les images et les sons enregistrés par toutes les caméras et microphones dont je suis vêtu.

Les ondes que je diffuse sont tellement puissantes que vos brouilleurs n'y peuvent rien.

John, qui était un peu plus intelligent que son bras droit, secoua la tête, sceptique.

— Ça ne colle pas. Si ce que vous dites est vrai, la DGSI aurait très bien pu intervenir dès que vous êtes arrivé et sans avoir besoin de livrer Moufy pour le reprendre aussitôt. Il doit y avoir autre chose.

Je me crispai. Il allait falloir jouer serré. Dehors, le silence n'était plus troublé que par des éclats de voix sporadiques. Soudain, le regard de John s'illumina.

— Ils ne veulent pas seulement reprendre les deux Poulpes ! Ils veulent démanteler notre réseau local et récupérer toutes nos infos. Il faut immédiatement donner l'alerte aux équipes qui n'ont pas encore été prises, pour qu'elles détruisent toutes leurs données et disparaissent dans la nature.

Il se précipita vers le pupitre de contrôle. Je m'élançai à sa suite pour l'empêcher d'agir.

— Vous n'allez rien faire du tout !

Jimmy s'interposa, un pistolet à la main.

— Tu bouges pas.

— Et tu vas faire quoi ? Me tirer dessus ? Tu sais parfaitement que c'est inutile.

Il tira quand même. Au ventre. L'impact me projeta contre le mur derrière moi. Je réussis néanmoins à me maintenir debout.

— D'accord, tu guéris vite. D'accord, si je te tire dans le cœur, tu vas disparaître des radars. Mais je peux te plomber le corps de balles. Ça te ralentira. Ça te fera souffrir… Et ça me fera plaisir.

Il tira à nouveau. Dans l'épaule gauche, cette fois. Je retins péniblement un cri de douleur et réussis finalement à articuler :

— Tu sais, Jimmy. Ce qu'il y a de bien avec les gens sûrs d'eux-mêmes, comme toi, c'est qu'ils commettent toujours des erreurs.

Je sortis une seringue de ma poche et me la plantai dans la cuisse.

— C'est quoi ton truc ?

— Et ce qu'il y a de bon avec les culturistes, c'est qu'ils ont à la maison plein de produits prohibés qui accélèrent le métabolisme. Imagine ce que ça produit sur un organisme déjà doté de capacités exceptionnelles comme le mien.

Les deux blessures se refermèrent instantanément. Avant que le cerveau de Jimmy n'ait eu le temps d'enregistrer l'information, je lui sautai dessus. Il eut le temps de tirer une dernière fois. Il visa le cœur. Mais la balle n'atteignit que le poumon droit. Elle traversa mon corps dont elle déchiqueta les os et les chairs. Elle était à peine ressortie que tout avait déjà cicatrisé. L'instant d'après, je lui cassai le poignet qui tenait l'arme, les deux rotules et le coude gauche. Il s'agita de douleur sur le sol.

J'étais aux anges.

Je ramassai le pistolet et le pointai vers John qui s'activait encore sur les commandes. Il avait tellement l'habitude de faire travailler les autres, qu'il ne savait même pas faire fonctionner le pupitre de contrôle.

En voyant son adjoint hors de combat, il choisit la fuite et grimpa les marches aussi vite qu'il le pouvait. Devant lui, les portes s'ouvrirent à la volée. Malgré le contre-jour, je discernai sans peine la silhouette et la démarche de mon copain buriné. John, stoppé net dans son élan, reconnut un homologue. Il leva les bras et couina :

— Je suis le chef d'antenne ! NSA ! Je me rends ! Je demande la protection. Vous ne pouvez pas tuer un agent d'un pays allié.

— C'est vrai, reconnut le policier. Quoique...

Il leva son arme et pressa la détente. Les yeux de John s'exorbitèrent. Ils le firent encore plus une seconde plus tard quand il fut touché au cou. Il s'agissait d'un pistolet à impulsions électriques. La décharge secoua le corps du chef d'antenne dans tous les sens, tandis qu'une odeur de peau brûlée inondait la pièce. Le buriné fit durer la séquence probablement plus que nécessaire. Mettons le double. Je ne l'interrompis pas.

Enfin, le pistolet fut totalement déchargé. Le flic de la DGSI contempla l'arme, puis la jeta sur le corps de John recroquevillé dans un coin.

— Quelle merveilleuse invention.

Il jeta un regard à Jimmy qui gémissait par terre, à mes pieds.

— Vous ne vous êtes pas trop mal débrouillé non plus.

Enfin, il observa le mur d'écrans et se frotta les mains.

— J'adore mon boulot.

EPILOGUES

Le soir approchait. Miss Monde et moi observions les allers et venues, appuyés à une des voitures de police. Les gars de la DGSI faisaient sortir l'un après l'autre tout le personnel appréhendé dans la base clandestine de la NSA. Nous en étions à une soixantaine de personnes et le flux ne faiblissait pas.

Dans ce genre de scènes, les héros ont normalement droit à un traitement de faveur avec un café chaud entre les mains et une couverture sur les épaules. Nous découvrîmes à cette occasion que nous n'étions pas dans un film ou une série : en fouillant les voitures de police, nous avions uniquement trouvé un carton de bouteilles d'eau. C'était déjà ça.

Un brouhaha de fête emplissait l'air. Le parc d'Eurodisney se trouvait en effet à moins d'un kilomètre. À la NSA, le sens de l'humour était un état d'esprit particulier.

Le bruit était en partie couvert par l'autoradio de la voiture qui laissait filtrer la voix de Jean-Pierre Mader interprétant *Disparue*, chanson que j'avais déjà eu l'occasion d'entendre cette semaine :

J'ai questionné tout le monde,
Autour de moi.
Mais c'est la même réponse
À chaque fois.
Je n'arrive plus à dormir :
Dès que l'on sonne,
J'ai peur de voir revenir
Les hommes en Ford Falcon.

Soit cette chanson était extrêmement appréciée chez les policiers, soit le conducteur de la voiture l'avait mise exprès. Dans ce dernier cas, cela signifiait qu'à la DGSI aussi le sens de l'humour était un état d'esprit particulier. Je me rembrunis : par-dessus le marché, les flicards se foutaient de moi.

Disparue, tu as disparu.
Disparue, au coin de ta rue.
Je ne t'ai jamais revue.

Les expériences de cette semaine avaient émoussé ma réceptivité à ce type de blague : je n'étais pas passé loin, moi aussi, de la disparition. Je tendis le bras à l'intérieur de l'habitacle par la vitre et coupai l'autoradio.

Le buriné vint nous retrouver. Il avait fait main basse sur un thermos et un mug de café à l'effigie de la NSA. Il posa le tout sur le capot, remplit le mug et pour le boire s'appuya lui aussi à la voiture. Il se garda bien de nous en proposer.

— Qu'est-ce que vous allez faire d'eux ? demanda la bimbo en désignant les prisonniers qui montaient dans les fourgons.

— Rien. Enfin, pas grand-chose. Avec les agents de pays alliés, c'est parfois plus compliqué qu'avec les criminels. Techniquement, ils n'avaient pas le droit de développer leurs activités en France, d'y installer une base, d'agir contre nous, etc. Mais il n'y aura pas de conséquences, pour des raisons diplomatiques et parce que nous faisons la même chose chez eux. Donc, nous les rendrons à leur ambassade, qui les renverra chez eux, et transmettra à Washington nos protestations outrées.

— Et c'est tout ? Tout ça pour rien ?

— Oh, non ! Pas pour rien. Ce n'est que la partie émergée de l'iceberg. Entre temps, nous aurons pris des photos, relevé les empreintes, prélevé de l'ADN… Autrement dit, ces agents-là seront grillés pour réaliser à nouveau des opérations sur notre sol. Et puis nous avons récupéré des données, des archives, des noms, des positions, des planques… Ils vont devoir tout reconstruire de zéro.

— Parce qu'ils vont recommencer ?

— Évidemment !

Il finit son café et s'en resservit un autre. Je constatai que lorsqu'il s'agissait de nous convaincre de collaborer, il nous en offrait plus volontiers.

— Enfin, voilà. J'espère seulement qu'ils n'auront pas eux aussi récupéré de l'information.

Je le voyais venir. Pas Miss Monde, qui s'étonna :

— Comment ça ?

Le flic se tourna vers moi.

— Je ne sais pas. Vous êtes restés longtemps à discuter dans la salle d'opérations avec les deux autres. Si je n'étais pas aller voir, vous y seriez encore.

— Je vous signale que je me suis fait tirer dessus et que j'ai dû me débrouiller tout seul.

— De toute manière, vous avez les enregistrements des appareils qu'il portait sur lui, non ? fit remarquer Miss Monde.

— En fait, le corps de notre ami a cessé d'émettre tout de suite après le début de notre intervention. Bizarrement.

— C'est peut-être le stress. Je ne contrôle pas encore parfaitement tous mes pouvoirs. Un peu comme Superman quand il était enfant, fis-je avec un grand sourire moitié candide moitié moqueur.

— Hum. J'espère que vous ne leur avez rien dit de compromettant.

— Simplement le strict nécessaire.

— Vous pensez à quoi, intervint la bimbo innocemment. Par exemple, comment nous savions qu'ils allaient débarquer à la Gare de Lyon ?

Toujours aussi affûtée, celle-là.

— D'ailleurs, moi-même je ne sais toujours pas comment vous avez fait. Vous m'avez maintenue à l'écart de vos cachotteries hier soir.

Je lui devais bien une explication.

— Il fallait savoir comment ils nous retrouvaient à chaque fois. Il y a des occasions comme chez toi ou chez Schwarzy où ils ont dû faire une enquête très classique en recoupant les informations dont ils disposaient. En revanche, on se demandait comment ils avaient fait pour me retrouver le premier soir, débouler chez le vioque au moment de son suicide ou encore mettre le bordel dans l'appartement du culturiste.

— C'est de ton suicide et de ton appartement que tu parles : arrête d'utiliser la troisième personne.

— Bon, tu veux l'explication, oui ou merde ?

— Oui, c'est bon.

— Donc, il restait ce point à élucider. Or, lors de notre altercation, quand tu m'as foutu un coup de genou dans les roubignoles…

— De tibia.

— Ou quand le vioque s'est fait voler dans la rue – oui, je sais, je parle de moi à la troisième personne. Ferme-là ! – et même quand nous avons quitté précipitamment l'appartement du culturiste, je me suis aperçu qu'il y avait à chaque fois une camionnette particulière. Une de celles qui quadrillent les villes en prenant des clichés à 360 degrés.

— Tu t'es dit qu'il s'agissait de camionnettes à eux ?

— Pas forcément, tempéra le policier buriné. Trop compliqué même. Nous supposons plutôt qu'ils appliquent un procédé d'intelligence artificielle à tous les clichés réalisés en mode automatique par ces caméras. Clichés qu'ils obtiennent d'une manière ou d'une autre.

— En l'occurrence, ils recherchaient les yeux rouges brillants qui apparaissent à chaque fois et que Schwarzy s'évertue à masquer avec des lunettes de soleil, y compris dans le métro. Comme les compagnies qui réalisent ces clichés déposent des dossiers de déclaration en préfecture, contenant les horaires et les trajets, il était facile de choisir l'endroit opportun pour qu'ils me trouvent et repartent avec moi.

Pour la deuxième fois de la semaine, Miss Monde me regarda avec un peu de respect au lieu de la pitié ou du mépris habituels. Il ne fallait tout de même pas que je m'y accoutume. Elle finit par se tourner vers le flic.

— Et maintenant vous avez peur qu'il leur ait raconté que vous l'avez découvert ? Ce serait si grave ?

— Non, bien sûr, admit le poulet. C'est simplement que s'ils ne savent pas que nous savons qu'ils le font – vous suivez ? –, nous pourrons continuer à utiliser cette information à notre profit. Mais bon, puisque vous n'avez rien dit !

Il m'adressa un large sourire.

— Je voulais être sûr que nous soyons sur la même longueur d'ondes. Vu que notre collaboration repose sur un marché, il faut que chacun le respecte. N'est-ce pas ?

— Justement, intervint Miss Monde. Vous avez votre part du marché à honorer, non ?

— Tout à fait, madame. Et croyez-moi que nous savons nous souvenir avec générosité de ceux qui nous aident.

La générosité fut en effet au rendez-vous.

Dès le lendemain, nous nous trouvions avec Schwarzy et Miss Monde en train de prendre un agréable petit-déjeuner à la terrasse d'un des nombreux petits châteaux qui saupoudrent le Bassin Parisien. Un parc verdoyant entourait le manoir.

— On est bien ici ! constata Schwarzy pendant qu'il engloutissait son quatrième croissant trempé dans du chocolat chaud.

— Je ne pense pas que ce soit permanent, répondis-je. Ensuite, ils nous installeront dans quelque chose de moins cossu, de plus discret et surtout de moins cher. Mais bon, autant en profiter tant qu'on peut.

Nous entendîmes le bruit d'une voiture sur l'allée, avant qu'elle ne quitte le couvert des arbres. Nous reconnûmes le buriné de la DGSI à travers la vitre du siège passager.

— Voilà Bébel ! s'écria la bimbo émoustillée.

— Bébel ? Il s'appelle vraiment comme ça ?

— Non, je ne sais pas comment il s'appelle, mais il me fait penser à Jean-Paul Belmondo. Je trouve que ça lui va bien.

Je réfléchis, acquiesçai et ajoutai.

— Au fait, nous ne nous sommes jamais réellement présentés. Il serait peut-être temps, non ?

Les deux autres hochèrent la tête.

— Moi, c'est Marianne, dit presque timidement Miss Monde.

— C'est vrai ?

— Pourquoi ça te pose un problème ?

— Du calme ! Non. Ça te va très bien.

Ce qui était vrai d'ailleurs, même si, influencé par ses activités parallèles et mes rapports tendus avec elle, je me serais attendu à quelque chose de plus agressif. Un pseudonyme du genre China Blue, Moon Sally ou Sexy Lola…

Schwarzy décida qu'il gardait le surnom que je lui avais donné et ne voulut pas révéler le prénom du corps qu'il occupait.

Un bruit de pas sur le gravier et nous vîmes Bébel passer l'aile du château et venir à nous.

— Alors, mes amis ! Vous vous plaisez ici ?

— Je suppose que ça ne va pas durer, répliquai-je.

— Malheureusement, non. Mais vous allez être très bien, là où nous avons prévu de vous installer. Nous serons à l'aise pour papoter de soucoupes volantes et de petits hommes verts.

Il chipa un croissant dans la corbeille.

— En parlant d'extra-terrestres, nous avons mis en lieu sûr les cuves. Nous les avons purgées de la soude caustique et remisé les projecteurs. Si vous le souhaitez, nous pouvons essayer de vous faire migrer à nouveau vers vos corps d'origine.

— Vous savez comment faire ? demanda Marianne.

— Pas encore, concéda Bébel. Mais nous espérons le découvrir dans les documents saisis.

Schwarzy et moi nous concertâmes du regard, et déclinâmes la proposition d'une même voix.

— Comme vous voulez. Personnellement, je comprends que vous préfériez conserver vos trombines actuelles.

— En parlant de trombines, dit Marianne, les nôtres sont toujours à la une des rédactions ?

— Vous n'allez pas le croire ! s'exclama Bébel. Il se trouve que le juge d'instruction en charge de l'affaire a reçu la vidéo d'une caméra de surveillance montrant le petit vieux se rendant à une quincaillerie après que vous l'ayez quitté. Il était donc toujours vivant après votre départ et vous n'êtes donc plus soupçonnés.

— Et je suppose, ricanai-je que cette preuve était déjà en possession de la DGSI depuis un moment ?

— Probablement perdue au fond d'un dossier quelconque. Une chance qu'elle ait été retrouvée et remise au juge.

Il rigola. Je n'arrivais pas à lui en vouloir. En plus, son rire était plus sincère que celui de l'autre tache de Jimmy.

— Bon, messieurs, madame, je dois vous laisser. Je repasserai dîner avec vous avant que nous vous transférions cette nuit.

— Déjà !? s'écria Schwarzy d'un air dépité.

— Les dures nécessités de la vie, mon cher invité sidéral.

Il repartit comme il était venu. Marianne le suivit des yeux jusqu'à ce qu'il disparaisse. Je me faisais peut-être des idées, mais son regard me sembla nettement concupiscent. Elle se tourna vers moi pour un tout autre sujet. Malheureusement.

— Tu ne nous as pas dit comment tu t'appelais ?

— Je ne me souviens même pas du nom que portait mon corps actuel.

— Fais comme moi, suggéra Schwarzy en prenant un autre croissant. Choisis celui que tu veux.

Je réfléchis un instant.

— Aristote.

— Aristote !? s'écrièrent les deux à la fois.

— Quoi ? Qu'est-ce qu'il y a ?

— Je pensais que tu prendrais quelque chose qui te ressemblerait plus, dit Schwarzy. Qui serait plus ce que tu es.

— Tu conseilles quoi, alors ? Alf ? E.T. ? Ou non, encore plus proche de ce que nous sommes : Calamar ! Hein. Comme ça, je m'appellerais Calamar 1 et toi Calamar 2.

— D'accord, d'accord. Oublie.

Marianne crut bon d'intervenir elle aussi.

— Du calme. C'est simplement que ça fait un peu intellectuel.

— Et alors ? Je suis trop neuneu pour m'appeler comme
ça ? Je vous ai fait des remarques, moi, sur vos prénoms ?

— Non, concéda-t-elle.

— Je t'ai fait remarquer, à toi, que Tom & Jerry te corres-
pondrait plus ?

— Non, admit Schwarzy.

— Bon, et bien me faites pas chier non plus.

— Va pour Aristote, abdiqua Marianne.

Nous continuâmes notre petit-déjeuner en silence. La discussion avait clairement plombé l'ambiance. Schwarzy, dans
son coin, commença à s'esclaffer.

— Y'a pas à dire. Elle va être sympa cette vie de colloc' à
trois.

Table des matières